世界经典童话小说书系

数萝卜的山神

著者 / 伊昂·克里昂加 等　编译 / 李玉杰 等

吉林出版集团股份有限公司 | 全国百佳图书出版单位

图书在版编目（CIP）数据

数萝卜的山神／（罗）伊昂·克里昂加等著；李玉杰等编译.
-- 长春：吉林出版集团股份有限公司，2016.12
（世界经典童话小说书系）
ISBN 978-7-5581-2125-8

Ⅰ.①数… Ⅱ.①伊… ②李… Ⅲ.①儿童故事 – 作
品集 – 世界 Ⅳ.①I18

中国版本图书馆 CIP 数据核字（2017）第 065105 号

数萝卜的山神

SHU LUOBO DE SHANSHEN

著　　者　伊昂·克里昂加 等
编　　译　李玉杰 等
责任编辑　黄　群
封面设计　张　娜
开　　本　16
字　　数　50千字
印　　张　8
定　　价　29.80元
版　　次　2017年8月　第1版
印　　次　2020年10月　第4次印刷
印　　刷　三河市嵩川印刷有限公司
出　　版　吉林出版集团股份有限公司
发　　行　吉林出版集团股份有限公司
地　　址　长春市绿园区泰来街1825号
电　　话　总编办：0431-88029858
　　　　　发行部：0431-88029836
邮　　编　130011
书　　号　ISBN 978-7-5581-2125-8

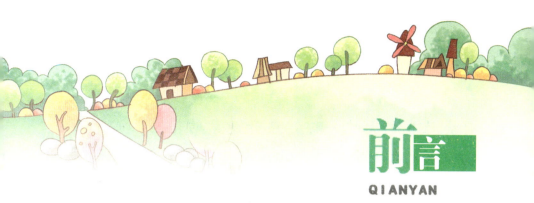

　　儿童自然单纯，本性无邪，爱默生说："儿童是永恒的弥赛亚，他降临到堕落的人间，就是为了引导人们返回天堂。"人们总是期待着保留这份童真，这份无邪本性。

　　每一个儿童都充满着求知的欲望，对于各种新奇的事物，都有着一种强烈的好奇心，这样在成长的过程中就不可避免地被好的或坏的事物所影响。教育的问题总是让每个父母伤透了脑筋，生怕孩子们早早地磨灭了童真，泯灭了感知美好事物的天性。童话很好地解决了这个问题，让儿童始终心存美好。

　　徜徉在童话的森林，沿着崎岖的小径一路向前，便会发现王子、公主、小裁缝、呆小子、灰姑娘就在我们身边，怪物、隐身帽、魔法鞋、沙精随时会让我们大吃一惊。展开想象的翅膀，心游万仞，永无岛上定然满是欢乐与自由，小家伙们随心所欲地演绎着自己的传奇。或有稚童捧着双颊，遥望星空，神游天外，幻想着未知的世界，编织着美丽的梦想。那双渴望的眸子，眨呀眨的，明亮异常，即使群星都暗淡了，它也仍会闪烁不停。

　　童心总是相通的，一篇童话，便会开启一扇心灵之窗，透过这扇窗，让稚童得以窥探森林深处的秘密。每一篇童话都会有意无意地激发稚童的想象力和感知力，让他们在那里深刻地体验潜藏其中的幸福感、喜悦感和安全感，并且让这种体验长久地驻留在孩子的内心，滋养孩子的心灵。愿这套《世界经典童话小说书系》对儿童健康成长能起到一点儿助益，这样也算是不违出版此书的初心了。

编者

2017 年 3 月 21 日

目录
MULU

女仆国王

很久很久以前，在一个小城有一个富商，名叫麦基顿丁。由于年近花甲还没有孩子，他非常焦急，整天忧心忡忡。

麦基顿丁六十岁生日那天，他的儿子出生了，起名叫阿里。这个孩子眉目清秀，伶俐可爱。欣喜若狂的麦基顿丁将他抱在怀里，"宝贝，宝贝！"地叫个不停。

在父母的精心呵护和培育下，阿里茁壮成长。长大后，他学识渊博，待人接物彬彬有礼。

麦基顿丁一天天老去，身体虚弱的他把阿里叫到床前。

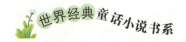

"亲爱的孩子,爸爸可能不久就要离开你了,有几句话要对你说,你一定要记住。"麦基顿丁说道。

阿里用力地点了点头。

"孩子,你要结交品行端正的人,不要与满身恶习的人来往;要多行善事,不要心胸狭隘;要爱惜钱财,不要肆意挥霍;要同情弱者,不要仗势欺人;要远离烈酒,不要酗酒成性。"麦基顿丁叮嘱道。

"好的,爸爸,我一定会记住您说的话,请您放心吧!"阿里说道。

不久,麦基顿丁就离开了人世。没想到,爸爸对自己的叮嘱竟成了临终遗言,阿里哭倒在爸爸的床前,几乎昏厥过去。

看着爸爸躺在冰冷的棺材里,他的眼泪情不自禁地流了下来。再也听不到爸爸语重心长的教诲,再也不能握着爸爸充满爱意的双手,为此,他感到无比的苦闷和忧伤。

屋漏偏逢连夜雨,阿里还没有从丧父的悲伤中走出来,他的妈妈也去世了。

"妈妈！妈妈!"阿里的哭喊声让人落泪，哭红的双眼让人心痛。他为妈妈举办了同样隆重的葬礼。

接连失去双亲的打击让阿里悲痛欲绝，一个人躲在家中很少出门。热热闹闹的家如今已经冷冷清清，爸爸、妈妈的音容笑貌已经成为回忆。

一天，阿里来到爸爸的商店，告诫自己要挺起脊梁，振作起来，像爸爸一样把全部精力用于生意，以告慰父母的在天之灵。

阿里早出晚归，不畏辛苦，精打细算，节俭持家。他宽厚仁慈地对待仆人，仆人们非常感激，也一心一意地扶助他。他和蔼热情地与顾客相处，笑容可掬地迎送他们进出，赢得了很好的口碑。

一年来，阿里牢记爸爸的嘱咐，时刻提醒自己远离行为不端的人，竭尽全力做好生意，经过努力，生意终于大有起色。

阿里声名远扬，一些行为不端的年轻人便使出浑身解数接近他，引诱他。

近朱者赤，近墨者黑。爸爸去世一年后，阿里禁不住诱惑，与这些纨绔子弟来往密切，学会了喝酒、赌博，而把生意的事儿抛到了脑后。

阿里和那些朋友们每天都黏在一起，大把大把地挥霍钱财。

"爸爸积累下的财富，不趁早享用，留给谁呢？"他经常这样得意扬扬地说。

麦基顿丁留下的钱财已经所剩无几，无奈之下，阿里只好拍卖了店铺。

家里的家具也被变卖了。他做梦也没有想到自己会像乞丐一样落魄。想到贪图享乐的时光，想到那些哄骗他的朋友，阿里追悔莫及。

阿里的全部家当只有身上穿着的衣服，他一贫如洗，失魂落魄。

阿里过着朝不保夕的日子，实在饥饿难耐，他便会想起从前一起吃喝享乐的朋友们，幻想着也许有人会伸出援助之手。

阿里走遍全城，去寻找那些朋友，希望能得到些施舍充饥。可是却让他大失所望，昔日的朋友不是大门紧锁，就是避而不见。那些曾想方设法接近他的人，现在都像躲避瘟疫一样躲着他。

"谁来救救我吧！"阿里痛苦地祈求着。

阿里拖着疲惫的双腿不知不觉来到市场，看见一群人把一个女奴围在中央。这个名叫祖曼绿蒂的女奴有着姣好的容貌，妖娆的身材。

阿里立刻被祖曼绿蒂出众的外表深深地吸引了。

经纪人夸奖祖曼绿蒂不仅美若天仙，而且还多才多艺，希望她能卖到一个好价钱。看到阿里，围观的人都以为他要买下祖曼绿蒂。

为了买到祖曼绿蒂，商人们纷纷出价，以五百金起价，一次比一次高。

"一千金。"人群中一个老头儿高喊道。他出的价格让所有商人都始料未及。

按照约定，经纪人开始征求祖曼绿蒂的意见。祖曼绿蒂扫视了一眼老头儿，见他的年龄和自己的爷爷一样大，嘴斜眼歪，容貌丑陋，立刻表示反对。

"他白发苍苍、风烛残年，我不愿被卖给这样的老人。"祖曼绿蒂对经纪人说。

老头儿试图用强硬的手段带走祖曼绿蒂，但没有得逞，只好悻悻地走了。

"我愿出一千金买她，麻烦你问一下她，看她同不同意。"一个将花白胡须染成黑色的商人对经纪人说。

这个商人叫赖施顿丁。看见他如此伪装，祖曼绿蒂心想，这个人的骗术一点儿也不高明，像个魔术师变出来的小丑。今天用染黑的胡须迷惑别人，哪天说不定还会做出什么更虚伪的事情来呢。祖曼绿蒂最讨厌这种善于伪装的人，于是回绝了他。

商人们都非常有自知之明，纷纷打消了竞买祖曼绿蒂的念头。

"我也愿意出一千金买她，不知她是否同意？"又一个商人对经纪人说。

祖曼绿蒂见此人瞎了一只眼睛，心里很不高兴，心想，一个好端端的人为什么会瞎了一只眼睛呢？祖曼绿蒂不想和这种摸不清底细的人打交道，于是也拒绝了他。

"姑娘，你愿不愿和这位商人谈一谈。"经纪人指着另一个商人说。

祖曼绿蒂见此人身材矮小，胡子垂到腰际，觉得这样的人一定很可怕，便拒绝了。

"姑娘，这些买主你都不同意，那你还是自己物色人选吧。"经纪人冷冷地对祖曼绿蒂说。

祖曼绿蒂环视四周，一个人的身影进入她的视线。此人头发卷曲、体型标准、仪表堂堂。

这个让祖曼绿蒂一见倾心的人就是阿里。

经纪人走到阿里面前，夸奖祖曼绿蒂如何美丽聪慧、多才多艺，如何识文断字、才艺精湛，一双巧手能带来好运，能变出黄金白银。

经纪人猜想，这个年轻人一定会迫不及待地买下祖曼绿蒂。可是，阿里却低头不语。

祖曼绿蒂一再降价，可是阿里就是不答应。

"就一百金。"祖曼绿蒂最后说道。

"我发誓，我现在身无分文、穷困潦倒，别说一百金，就是十金也拿不出来，你还是另选主顾吧。"阿里对祖曼绿蒂说。

祖曼绿蒂暗自庆幸——看来他不是不喜欢自己。

祖曼绿蒂让阿里跟随她离开人群，趁人不注意，将一个钱包递给他。

钱包里有一千金，阿里用这些钱买下了祖曼绿蒂。

祖曼绿蒂心满意足地跟阿里一起回了家。

看到阿里的家空荡荡的，祖曼绿蒂马上拿出一千金，让阿里去购买家具、生活用品，以及绸布、金线、银线和七色线。

经过祖曼绿蒂一番布置，房间立刻焕然一新了。阿里为自己得到了一个好妻子而庆幸。他们开始了同甘共苦、情投意合的幸福生活。

来到阿里家的第二天，祖曼绿蒂拿起绸布，剪裁成门帘，用金线、银线和彩色丝线精心刺绣出美丽的图案。

门帘上的鸟儿仿佛在空中展翅飞翔；鱼儿如同在水中自由自在地游；花儿好似含苞待放，美丽至极。

"你一定要把门帘卖给经纪人，不要和过境的客商打交道，否则我们就有夫妻离散的危险。"祖曼绿蒂叮嘱阿里说。

"好吧。"阿里满口答应。

每八天祖曼绿蒂就绣出一个门帘，阿里便将门帘以五十金的价格卖给经纪人。他们逐渐有了些积蓄，快快乐乐地过起了丰衣足食的生活。

一年后，阿里又去市场卖门帘，经纪人替他找了一个过境客商。开始，阿里不愿和他交易，但客商穷追不舍，不断加价，最终以一百金的价钱买下了门帘。

此时，阿里已经忘记了祖曼绿蒂的叮嘱。

客商尾随阿里来到他家，讨要食物，被拒绝后，拿出一百金让阿里去市场买麦饼。

"这人简直疯了，拿一百金买两金的东西。"阿里想。

买回麦饼，客商让阿里和他一起吃。阿里一点儿也没有提防，被客商暗中下了麻醉剂。

原形毕露的客商见阿里失去知觉，偷走了他的钥匙，然后兴高采烈地去找哥哥。

原来，这个商人叫白尔苏睦，他的哥哥就是赖施顿丁。一年前，赖施顿丁想买祖曼绿蒂没有得逞，还受到了她的奚落，一直怀恨在心。诡计多端的白尔苏睦为了替哥哥报仇，假装买刺绣，并做了这一切。

赖施顿丁拿到钥匙欣喜若狂，带领人、仆人将祖曼绿蒂绑走了。

"你这阴险的强盗，害得我们夫妻离散。你一定会受到惩罚的！"祖曼绿蒂咒骂赖施顿丁。

赖施顿丁命令仆人毒打祖曼绿蒂。祖曼绿蒂被打得遍体鳞伤。

第二天，阿里逐渐苏醒。

"祖曼绿蒂！"他急切地呼唤，却听不到回答，这才知道
受骗了。

他一直以为自己和祖曼绿蒂会永不分离，却没想到厄运
这么快就降临到他们头上。

阿里越想越气，竟开始捶打自己。围观的人都以为他是
个疯子。

心地善良的邻居老婆婆看见阿里如此狼狈，问明原因，不禁流下同情的眼泪。老婆婆让阿里买来一些首饰，然后假扮小贩，走街串巷叫卖，打探祖曼绿蒂的消息。

一天，老婆婆来到赖施顿丁的门前，听见里面传来哭泣和呻吟声，便谎称卖首饰敲开了紧锁的大门。

"孩子，那个姑娘怎么躺在地上？"老婆婆看见祖曼绿蒂被捆绑着，便趁仆人们挑选首饰的时机，和他们攀谈起来。

"我们也不想这样。但主人吩咐了，我们也不敢违抗。"一个仆人说。

"孩子，这姑娘太可怜了，可以暂时解开绳子，等主人回来再绑上也不迟。你们这样做，一定会有好报的。"老婆婆流着眼泪说道。

仆人们照办了。老婆婆走到祖曼绿蒂跟前，告诉她晚上以口哨为信号，她往外跑，阿里会来接应她。

听了老婆婆打探来的消息，阿里异常兴奋，想到马上就能见到日思夜想的祖曼绿蒂，竟然喜极而泣。

"如果能和祖曼绿蒂再次相聚，我一定要好好珍惜，再也不和她分离。"阿里想。

天黑以后，阿里在赖施顿丁家附近躲藏起来，等待时机搭救祖曼绿蒂。

阿里耐心地等着，却不曾料到，一场噩梦开始了。为了寻找祖曼绿蒂，他已经接连几夜没有合眼，竟然不知不觉进入了梦乡。

一个盗贼来到赖施顿丁家偷窃，偶然发现阿里在睡觉，便偷走了他缠在头上的饰物。祖曼绿蒂误认为盗贼是阿里，胡乱吹了一声口哨，拿着一袋金币，顺着事先准备好的绳子滑到墙外。此时，盗贼正回头张望，突然发现有人从屋里溜出来，于是不顾一切地冲上去，扛起祖曼绿蒂和金币就跑。

祖曼绿蒂心生疑惑，伸手摸了一下，摸到了又粗又硬的胡须，才知此人不是阿里。

盗贼告诉祖曼绿蒂，他叫赭旺，以盗窃为生。

祖曼绿蒂怎么也没想到，刚逃出狼窝，又入了虎穴。

盗贼赭旺怎么会碰巧遇到祖曼绿蒂呢？原来他曾告诉首领，说城外有个山洞，可容纳四十多个兄弟。由于他熟悉地形，便自告奋勇去城里盗窃，准备招待要来洞里的兄弟。此前，他已经把妈妈送进了山洞。

赭旺进城之前，发现路旁有一个骑兵和一匹战马。趁骑兵酣睡，他杀死了骑兵，将战马、武器和铠甲送回洞里，让妈妈保管，然后去赖施顿丁家实施盗窃。

赭旺也没想到，不但偷了阿里缠在头上的饰物，还意外得到了一个美人——祖曼绿蒂。

赭旺将祖曼绿蒂带回洞里，交给妈妈看管，然后扬长而去。祖曼绿蒂在山洞里辗转反侧，最后决定，与其任盗贼摆布，不如想办法逃跑。

第二天清晨，祖曼绿蒂便开始实施自己的逃跑计划。

"老婆婆，能不能带我到洞外坐一坐，我可以在阳光下

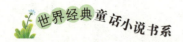

为你梳理一下头发。"祖曼绿蒂对盗贼妈妈说。

盗贼妈妈表示同意。祖曼绿蒂借此机会对盗贼妈妈大献殷勤，给她梳头。盗贼妈妈舒服极了，不知不觉睡着了。

祖曼绿蒂急忙跑回山洞，带上从赖施顿丁家中拿来的金币，跳上一辆马车，向回城相反的方向飞奔而去。

祖曼绿蒂跋山涉水走了十天，饿了就吃野果，渴了就喝泉水，一路上既没有碰到一个人影，也没有看见一个村庄。

第十一天，她来到了一个青山绿水、鸟语花香、如诗如画的地方。

"国王万岁！"城中的文武百官见到祖曼绿蒂，立刻跪在地上，对她高喊道。

"你们为什么叫我国王，这究竟是怎么回事？"祖曼绿蒂不知所措，急忙问道。

原来这个王国有一个风俗，如果国王没有继承人，一旦驾崩，文武百官就要率领士兵和百姓到城外连候三天，第一个从这里经过的人，无论是谁，都将成为国王。

逃脱虎口的祖曼绿蒂就这样当上了一国之王。

祖曼绿蒂用随身带来的金钱救济贫弱，受到百姓们的拥护和爱戴；用库银犒赏三军，受到全体官兵的信任；访贫问苦，取消苛捐杂税，深得民心。

"我们终于有了一位贤明的国王。"人们奔走相告。

祖曼绿蒂的美名传遍了天下。

"不知道我什么时候才能与阿里团聚！"祖曼绿蒂暗暗地想。

地位越显赫，祖曼绿蒂就越思念阿里。她不知道阿里为什么没有按照约定来营救她。这让她百思不得其解。

白天，祖曼绿蒂身边有一呼百应的文臣武将，享受着一国之王的尊严和荣耀，而夜深人静，每当回想起和阿里在一起的幸福时光，便泪如泉涌，难以成眠。

"阿里，你在哪儿?"她时常暗自落泪。

祖曼绿蒂执政已经一年了，可是没有得到关于阿里的任何消息，这让她心急如焚。

18

"不能坐等，要利用一切机会去寻找他。"她终于想明白了。

祖曼绿蒂召集能工巧匠，在王宫前修建了一个能容纳数百人的广场，并在广场一角建了一个礼台，供国王和大臣之用。

广场落成之日，祖曼绿蒂宴请文武百官，宣布每月新月初升之日，都要与民同乐，宴请全城。祖曼绿蒂希望通过这种形式能早日与阿里相见。

每逢这一天，全城百姓便欢呼雀跃，纷纷来到广场赴宴。

"各位父老，大家一定要开怀畅饮，这样国王才高兴。"大臣大声宣布。

祖曼绿蒂坐在礼台上注视着赴宴的人们。

"早晚有一天我一定能得到关于阿里的消息。"她想。

第二个宴请日，祖曼绿蒂扫视赴宴的人们，目光落在一个用手抓饭，狼吞虎咽的人身上。此人正是白尔苏睦。祖

曼绿蒂吩咐侍从把他带过来查问。

"我叫阿里,是一个织工,为打点生意来到这里。"白尔苏睦想蒙混过关。

"撒谎,你是白尔苏睦。不说实话,你是不会有好下场的!"祖曼绿蒂厉声说道。

白尔苏睦只好承认。祖曼绿蒂下令处死他。

第三个宴请日,祖曼绿蒂指挥大臣招待宾客,并细心观察人们的举止言行。此时,一个不速之客闯进广场,她立刻认出来此人是赭旺。

原来盗贼赭旺去向匪首请功,后来才得知祖曼绿蒂已经逃脱,这让他又气又恨,发誓要找到她,所以才来到这里。自投罗网的赭旺在白尔苏睦坐过的那把椅子落座。当他第二次伸手抓饭时,祖曼绿蒂命令侍从把他带过来审问。

"我叫鄂斯曼,是个花匠。"赭旺撒谎道。

"你竟敢说谎。你是一个无恶不作的强盗。你还不从实招来。"祖曼绿蒂厉声说道。

赭旺只好认罪，也被处死了。

第四个宴请日，全城百姓都来用餐。白尔苏睦和赭旺坐过的那把椅子一直空着，不久，一个不速之客跟跟跄跄地走来，坐在那里。祖曼绿蒂认出此人是赖施顿丁。

原来赖施顿丁把祖曼绿蒂抢到手，办事回来发现她逃脱，家里还丢了一袋金，立刻恼羞成怒，打发弟弟白尔苏睦去寻找祖曼绿蒂，可是一直杳无音信。为了打听弟弟的去向和祖曼绿蒂的下落，他几经辗转，最后来到这里。

祖曼绿蒂命令侍从把他带过来审问。

"陛下，我叫卢斯图，没有职业。"赖施顿丁说。

祖曼绿蒂说出了他的真实姓名，然后下令处死了他。

祖曼绿蒂回到宫中，回忆起和阿里共同度过的美好时光。那时，她穿针引线，从早晨忙到黄昏，不知疲倦。阿里不辞辛苦，把刺绣的门帘拿到市场去卖，一年时间里，不知走了多少路。他们互相体贴、互敬互爱……

"请快些让我和阿里见面吧！"祖曼绿蒂夜夜祈祷着。

第五个宴请日，城中百姓纷纷来到广场。祖曼绿蒂坐在礼台上，留意着用餐的宾客。

突然，一个文质彬彬、举止得体，但却面容憔悴的年轻人，径直走到一个空位坐下。

祖曼绿蒂立刻认出这个年轻人正是她日夜想念的阿里。她不由得内心一阵狂喜，觉得心都要跳出胸腔了。她勉强抑制住激动的心情，观察阿里的一举一动。

阿里怎么会出现在宴席上呢？原来他去营救祖曼绿蒂，酣睡后醒来，发现缠在头上的饰物不见了，四周一片寂静，知道援救的计划落空了，于是悔恨交加，失望至极。

阿里碰见邻居老婆婆，一边诉说事情的经过，一边痛哭流涕。老婆婆非常生气，埋怨他粗心大意。他也不停地责怪自己，竟鼻孔流血，不省人事。

老婆婆继续帮助阿里打探消息。阿里觉得仿佛落进万丈深渊，绝望至极，一病不起，整整一年。老婆婆像对待亲人一样照顾他，才使他死里逃生。恢复体力后，他再次踏上了寻找祖曼绿蒂的漫漫长路。

阿里蹚过大河，爬过高山，躲过野兽的侵袭，跨过数米高的栅栏，双脚走出了血泡。然而，他坚信祖曼绿蒂还活着，还在痴情地等待着他，即使上刀山下火海，也毫不畏惧。

阿里不远万里来到这里，恰巧赶上国王的宴请日。他饥饿难耐，于是找了一个空位坐下，狼吞虎咽地吃起来。

祖曼绿蒂吩咐侍卫询问他来此地的目的。

"我是为寻找失散的妻子才来这里的。她比我的眼睛还要珍贵，自从她失踪后，我每天都在思念着她。"阿里回想起往事，不禁失声痛哭，由于悲伤过度竟昏了过去。

祖曼绿蒂吩咐侍卫把玫瑰水洒在阿里的脸上，等待他慢慢苏醒。

祖曼绿蒂意外地和阿里相遇，内心欢喜异常。从失散到现在，她日日想，夜夜盼，现在梦寐以求的事情终于实现了。

祖曼绿蒂吩咐侍卫带苏醒后的阿里沐浴更衣。阿里容光焕发地来到国王面前，他还不知道，眼前这个人正是他苦苦寻找的祖曼绿蒂。

"我要先考验考验他,看他如何行事。"祖曼绿蒂暗自思索,随后任命阿里为大臣。

"回禀国王,我是不会答应的。恳请国王宽恕我,请放我一条生路吧。"阿里苦苦哀求。

"阿里,难道你把我忘得一干二净了,不认识我了吗?"祖曼绿蒂焦急地问道。

"国王,您是……"阿里大吃一惊。

"我是你的祖曼绿蒂呀!"国王说出了自己的名字。

阿里睁大眼睛仔细辨认,终于认出坐在面前的人正是祖曼绿蒂。他简直不敢相信自己的眼睛,紧紧地和祖曼绿蒂拥抱在一起。

祖曼绿蒂放弃了王位,辞别百官,和阿里翻山越岭,终于回到阿里的家乡。

他们互敬互爱,生儿育女,过着幸福美满的生活。

七 王 子

很久以前，斯里兰卡有一位国王，国王有七个王子，他们个个都很英俊。

一天，国王想为七个王子娶亲，就叫来斯里兰卡最有名的画家给七个王子画了像，然后慎重地交给了他最信任的首相大臣。

"带上王子们的画像，去找七个同他们般配的公主回来，做他们的新娘吧！"国王对首相大臣说。

首相大臣遵照国王的旨意周游列国，去寻找王子们的新娘。

一转眼，几年过去了。首相大臣历尽千辛万苦，走访了很多王国，都没有找到合适的公主。

一天，首相来到一个王国，国王恰好有七个待嫁的公主。首相说明来意，并将七个王子的画像呈送给国王。

"我一直忧愁七个女儿的婚事，怕她们找不到合适的郎君，现在你送来了七个王子的画像，他们英俊威武，跟我的七个女儿真是天造地设，十分般配啊！"国王看后，赞叹不已。

于是，国王也高兴地准备了七个公主的画像，让首相大臣带给斯里兰卡国王。

首相大臣奔走多年，终于完成了国王的重托，特别开心，赶紧带着公主们的画像返回斯里兰卡。

斯里兰卡国王和七个王子看了公主们的画像都欣喜万分，赞不绝口，觉得公主们美丽极了。

国王立刻开始筹备王子们的婚礼。不久，国王就带着王后和七个王子，以及大臣等庞大的迎亲队伍，浩浩荡荡地向公主们的王国进发。

经过长途跋涉，他们终于来到公主们的王国，并受到了热烈的欢迎。在两位国王的主持下，七个王子与七个公主举行了隆重的婚礼。王子和公主们彼此恩爱，都感到很幸福、甜蜜。

住了些日子，迎亲的队伍就带着七位新娘告别她们的父王、母后返回斯里兰卡了。

回国的路上，天气十分炎热，一行人饥渴难耐，就停下队伍，来到一个池塘边打水喝。

"这水真好喝啊，像是琼浆玉液！"人们纷纷发出赞叹的声音。

就在人们喝完水准备继续赶路的时候，突然，一条难看的恶龙挡住了去路。

"站住！不经我允许，就喝了我的水，你们休想离开！"恶龙大喊道。

国王看恶龙竟敢无视自己的威严，十分生气。

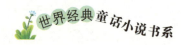
"哪里来的孽畜？"国王怒吓道。

"我是这个池塘的主人。凡是饮池塘水的人都必须付出代价！"恶龙咆哮着。

"那么，你到底想要什么作为我们饮用了你的水的代价呢？"远道而来的国王不想跟恶龙纠缠，便问道。

"我想要你的一个儿子，他们真是太可爱了！"恶龙奸笑着说。

国王一听愤怒了，指挥自己的护卫队和七个王子冲上去

跟恶龙搏斗。可是，恶龙嘴里喷出的火舌，很快就把他们给逼退了，国王被难住了。

"如果你不留下一个王子，那么你们就谁也别想离开。"恶龙威胁道。

"父王，就让我留下来吧！"七王子挺身而出。

七王子是七个王子中最优秀，也是国王最宠爱的一个王子。听说七王子要留下来，国王心如刀割。

刚刚新婚的七公主想到丈夫面临的危险，顿时泪流满面，可是七王子还是执意劝她同众人一同回国，并告诉她自己一定会平安回来的。

七公主恋恋不舍，一步一回头地看着七王子，肝肠寸断、悲痛欲绝。

恶龙把七王子捆在池塘边的一棵大树上，准备找个胃口最好的时候再把七王子吃掉。

一天，恶龙正要吃掉七王子，却突然满地打滚，痛苦地呻吟起来。

"我的头疼得要裂开了，如果你能帮我找到治头疼的药，我就放你回家。"恶龙疼得实在受不了，便对七王子说。

"那么，那种药在哪里呢?"七王子觉得自己逃脱的机会来了，就赶紧问恶龙。

"据说向北走，穿过平原和峡谷，有一片大森林，森林里有一个红头发、粉眼睛的女巫。她有一种药，可以治好我的头疼病。你不要妄想逃跑，你要是拿不回来药，我一定会找到你和你的父王，还有你其他的亲属，把他们全吃掉的!"恶龙即使头疼难忍，还不忘恶言警告。

七王子只好答应了恶龙的要求，为它寻药。

恶龙解开七王子身上的绳索。七王子穿过平原、峡谷，走进森林，离女巫居住的地方越来越近了……

一天，七王子来到河边，看见河面上漂来一根枯树枝，树枝上趴着几只惊恐万状的老鼠，那几只老鼠随时都会掉进河水里淹死。

善良的七王子立刻跳进水中，把老鼠一只一只全都救上岸。

"善良的人，我是鼠王，你救了我们的性命，我们该怎么报答你呢?"一只最大的老鼠突然开口说话了。

七王子见鼠王样子诚恳，就相信了它。

"我被恶龙困在一个池塘边，它要吃掉我。正巧它的头疼病犯了，它让我找一个红头发、粉眼睛的女巫，向她要一种能治好头疼的药。如果得到这种药，恶龙就能放我回家，你们能帮我找到女巫吗?"七王子问鼠王。

"我们的确认识那个女巫，她就住在不远的地方，我们可以给你带路。"鼠王说。

"不过，你必须经受住她的两次考验才能得到药物。第一，你得跳进沸腾的油桶中洗澡；第二，你得把一棵铁树锯成两半。"鼠王继续说。

"这样的事情我真的办不到。"王子面露难色。

"带上这枚戒指，当女巫叫你在沸腾的油桶中洗澡时，你把它扔到油桶里，你就不会被烫伤了。"鼠王把一枚戒指从前爪上摘下来，递给七王子。

"用这根毛，你可以毫不费力地把铁树锯成两半。"接着，鼠王又从尾巴上拔下一根毛，递给七王子。

七王子听了，既高兴又有几分怀疑，可他也没有更好的办法，只好按照鼠王说的去做了。

鼠王带着七王子继续赶路，不久，他们就来到了女巫居住的房子。

"你想干什么？"女巫阴阳怪气地问。

"我是来向您讨药的，我的主人犯了头疼病，疼得快要死掉了！"七王子彬彬有礼。

"它为什么不自己来呢？"女巫问。

"它病得很重，行走很艰难。"七王子继续跟女巫解释。

"我可以给你药。不过，想要得到我的药，得先经受一些考验的。首先你必须在沸腾的油桶中洗澡。"女巫看着七王子，觉得他根本做不到。

可是，她却看见七王子泰然自若地泡在油桶里，就像在舒舒服服地洗热水澡一样。女巫并不知道七王子的手指上戴了鼠王赠送的戒指。

女巫见一计不成又生一计。

"你既然这么厉害，我房前有一棵铁树，你去把它锯成两半吧！"女巫说。

"好的！"七王子微笑着回答，然后从容不迫地从油桶中走出来，来到房子前面的铁树前。

七王子从兜里拿出鼠王赠给他的尾毛，那尾毛立刻变成了一把锋利的锯子。

"轰"的一声，铁树突然倒下，一下子砸在女巫的身上。女巫还没有反应过来是怎么回事儿就已经送了命。

七王子飞快地跑进女巫的房子，四处寻药，最后在厨房里找到了一个上面写着"头疼粉"的大坛子。

七王子包好药粉，告别鼠王，一路飞奔，回到恶龙那里。此刻，恶龙正坐在地上疼得嗷嗷直叫。

七王子赶紧把头疼粉送到恶龙的面前。

"我疼得要死了！赶快给我服药吧！"恶龙号叫道。

七王子把药粉放在一杯水中搅和均匀，然后送给恶龙服用。

恶龙急不可耐，一口就吞下去，只听见一声巨响，伴随着一道闪光，恶龙不见了，只留下一节龙尾巴的残骸。

原来，女巫的"头疼粉"竟然是一种烈性毒药，却歪打正着，帮七王子结果了恶龙的命。

七王子终于摆脱了恶龙，回到斯里兰卡，与家人团聚。

大臣的女儿

沙敏虎国王手下有一个大臣叫易卜拉欣，他有一个叫王丽都的女儿。

王丽都长得如花似玉，活泼可爱，从小就识文断字，在诗歌方面很有天赋，尤其文学修养颇高，深受国王的欣赏。

国王常常邀请王丽都陪王后和公主们一起游玩赏花。只要一看到她们欢天喜地的样子，国王就像吃了蜜糖一样。

这个王国有一个传统，国王每年都要把大臣和百姓召集在一起，举行比赛。

比赛这天，全国各地的人从四面八方赶来，大街上人来

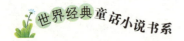

人往，车水马龙，非常热闹。

选手们都摩拳擦掌，顾不上擦去脸和脖子上的汗水，全身心地投入到比赛之中。观众里三层外三层，纷纷翘起脚尖，观看比赛。

王丽都坐在楼上观看比赛。突然，她无意中发现了一个脸上挂着灿烂笑容的年轻军官。王丽都对他一见倾心。

"那个军官叫什么名字？"王丽都问贴身女仆。

"您问的是哪一个啊？"女仆反问道。

王丽都拿起一个苹果抛向年轻军官。军官抬头一看，发现扔苹果的竟然是大臣的女儿，顿时愣住了，对这位美丽可爱的姑娘也一见钟情。

"就是这个人，他叫什么名字？"王丽都追问女仆。

"他叫艾奈斯。"女仆回答说。

晚上临睡前，王丽都提笔写了一封信，小心翼翼地用绣花丝帕包裹起来，轻轻地放到枕头底下。

这些都被女仆看在眼里。等她睡熟后，女仆悄悄将信拿出来，发觉小姐已经爱上了艾奈斯。

"小姐，有心事不说出来，时间长了就会忧郁生病。如果将心事说出来，就会好些，也不会引起别人的误会。"王丽都醒后，女仆和颜悦色地对她说。

"我得的是心病，已经无药可治了。"王丽都随口回答说。

"那就让我来替你治治心病吧。"女仆立刻说道。

听了女仆的话，王丽都心中充满了感动。可是她仍有些不放心，便没有说出实情。

"这可是一件非常秘密的事情，是不能轻易告诉别人的。她虽然跟了我这么多年，但万一传出去怎么办？"王丽都想。

女仆明白小姐的心思。

"小姐，我昨晚做了个梦，梦里有个人对我说，小姐喜欢上了艾奈斯。他还说，一定让我帮助小姐完成心愿。您放心，我绝不会把这件事儿说出去。"女仆换了一种方式说道。

听了仆人的话，王丽都终于放心了，拿出藏着枕头底下

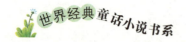

的信，交给女仆。

"您一定要亲手交给艾奈斯，并将回信捎回来，我会感谢您的。"王丽都再三叮嘱道。

到了艾奈斯家，女仆一看四下无人，赶紧将信交给他。

艾奈斯看后微微一笑，立刻提笔在信的背面写了几行字，交给女仆。

"麻烦您把信交给小姐。"艾奈斯对仆人说。

女仆接过信匆匆赶回府中。

王丽都接过信，立即瞧看，并马上写了回信，再次请女仆送交艾奈斯。

女仆拿着信刚走到大臣家门口，碰巧遇见守卫盘查，一时紧张，竟将信掉落了。

"老爷，我在门口捡到了一张纸。"一个仆人捡到信，将它交给大臣。

大臣接过信一看，立刻哭了起来，连胡须上都沾满了泪水。

"老爷，您这是怎么啦?"见他这么伤心，夫人惊讶地问道。

"你自己看看吧。"大臣将信递给夫人。

发现这是女儿的情书，夫人非常气愤。

"老爷，绝不能把这件事儿张扬出去，免得惹人耻笑。"夫人一边安慰丈夫，一边说道。

"一个是我的女儿，一个是国王的军官，如果让此事继续发展下去，恐怕会惹出更大的事端。"大臣终于平静了下来。

"听说在很远的地方有个叫瑟克辽的孤岛，不如我们把女儿送到那儿去。"夫人建议道。

大臣采纳了夫人的建议，在孤岛上建了一座大庄园，储备了大量的粮食和日用品，希望女儿能在那里清静愉快地生活。一切准备就绪，大臣让仆人收拾好行李，护送女儿连夜出发。

"必须让艾奈斯知道这里发生的事儿，但怎么才能让他知道呢？"王丽都走出房间，看着整理好的行李，忍不住哭了起来。

最后，她急中生智，在大门上写下几行字：屋子啊，麻烦你转告我心爱的人，我被迫离开，不知去往何处。

大臣命令护卫将小姐安全送到岛上后，立刻把船只全部毁掉。

王丽都一行昼夜兼程，终于来到库诺兹海滨。护卫找来一条大船，将王丽都送往瑟克辽岛。到达后，王丽都在新建的庄园里安顿下来。

护卫顾不上休息，立即返回，靠岸后按照大臣的交代捣

毁了大船。

此时，艾奈斯还蒙在鼓里。他非常想找一个合适的机会向王丽都表达自己对她的爱慕之情。

清晨，他前往王宫，刚走到大臣家门前，便看见了门上的留言，突然觉得天旋地转起来，过了很长时间才回过神，转身回家去了。

夜幕降临，艾奈斯出门向郊外走去。他走啊走，直到天边发白也没有停下脚步。他遥望远方，不由得落下伤心的泪水。

哭过之后，艾奈斯继续前行，广阔的原野上只有他一个人的身影。

他来到一片沙漠，发现了一串脚印，断定这一定是王丽都留下的，心情顿时好了起来，便不顾一切地继续向前走去。

几天后，艾奈斯来到库诺兹海滨。脚印消失了，他断定王丽都一定是上船了。

"唉，我历尽艰辛来到这里，却没有见到心上人！"艾奈

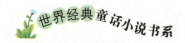
斯顿觉心灰意冷。

艾奈斯悲痛欲绝，晕倒在沙滩上。过了很长时间，他慢慢苏醒过来，揉了揉眼睛，向四处张望。突然，一个声音从空旷的山谷方向传来。艾奈斯循声望去，看见了一间简朴的小房子。

艾奈斯勉强爬起来，走上前去敲门，连敲了三次，也没人回答。

"心爱的人啊，为了你，我风餐露宿，历尽艰辛，愁白了头发，你到底在哪儿呢？"艾奈斯自言自语道。

"你叫什么名字，为什么到这里来？"一个隐士模样的人开门问道。

"我叫艾奈斯。"艾奈斯回答说，然后将自己的遭遇告诉了隐士。

"昨天有一群人登上了一条大船。后来，有人返了回来，并把大船捣毁了。我估计那群人里一定有你要找的心上人。"听了艾奈斯的遭遇，隐士想了想说。

此时，孤岛庄园里的王丽都正在为见不到心上人而黯然伤神。

一天，她在岛上散步，发现了许多鸟儿，便让人捕了几只养在笼子里，每天听它们唱歌，看它们上下跳动，借此消磨时间。

每当夜幕降临，小岛安静下来，王丽都就觉得异常孤独。

"与相爱之人分别，想来多么凄惨。黑夜啊，求你告诉我的爱人，我不曾安眠。"王丽都悲伤地唱着歌。

艾奈斯和隐士相处得很好，很快就以朋友相称了。

一天，隐士用枣树皮做了一只浮筏。

"山里有很多干葫芦，你去找一些来，系在这个筏子上。这样，你就可以去寻找你的心上人了。只要不畏艰险，你一定能够成功。"隐士对艾奈斯说。

艾奈斯将干葫芦系在筏子上，然后告别隐士，跳上筏子，按照隐士指引的方向出发了。

在海上漂流了三天三夜后，艾奈斯终于来到瑟克辽岛。

疲惫不堪的艾奈斯面容憔悴。他已经很长时间没有好好吃东西了，更别说是休息了。

岛上鸟语花香，一派生机。艾奈斯捧起泉水咕咚咕咚地喝起来，然后又吃了一些树上的果子，觉得这些是世界上最甘甜的泉水和最美味的果子。

吃饱喝足，艾奈斯继续往前走，一座庄园出现在他眼前。庄园的大门紧闭着，他听不到一点儿声响，只好坐在门前，坐了两天两夜。第三天，大门终于打开了，庄园的管家女仆走出来。

"你从哪儿来，是谁带你来的?"这个女仆见到他，非常惊讶。

"我从汉斯来，是个生意人，这次贩货途中遇险，船沉了，货物落到海里。我是被风浪吹到这里的。"艾奈斯编了一个故事。

"咱们是老乡啊，我小时候就生活在汉斯。"没想到在这个偏僻的地方还能遇见老乡，女仆非常激动。

艾奈斯跟着女仆进了院子，映入他眼中的是一个大水池。水池周围郁郁葱葱，树枝上挂着一些金鸟笼，里面的鸟儿叽叽喳喳地唱着歌。

艾奈斯走到第一个鸟笼前，里面是一只金丝雀。鸟儿看见艾奈斯在注视着自己，越发起劲地唱了起来。

"多么可爱的小鸟啊！"艾奈斯称赞道。

艾奈斯又走到第二个鸟笼前，看见里面是一只唱鸽。唱鸽抖动着翅膀，扬起脖子，高兴地叫了几声，好像在欢迎艾奈斯。

"我会一辈子记住你的。"艾奈斯对唱鸽说道。

"可爱的唱鸽啊，你只知道欢迎我，却不知道我心中正燃烧着熊熊烈火。等找到了心上人，我要把这里的所有鸟笼统统打开，让你们自由自在地飞翔歌唱。"艾奈斯对唱鸽说道。

"这个庄园是谁的，为什么要建在这里？"艾奈斯问女仆。

"这个庄园是大臣为他女儿修建的。小姐和仆人们住在这里，专门有人往这里送生活必需品。这里的任何人都不允许私自外出。"女仆回答说。

"看来我找对了地方，再过一段时间就能见到她了。"艾奈斯想。

但艾奈斯却不知道，王丽都此时已经逃离了庄园。

自从住进庄园，王丽都就一直寻找着逃跑的机会。

一天，她趁仆人不注意，将几件衣服连接成一条绳索，

来到屋顶，鼓起勇气，顺着绳索滑下去，逃出了大房子，一口气跑到海边。

这时，一条渔船恰巧被风吹到了海边，渔翁看见王丽都非常吃惊，调转船头准备离开。

"老人家，请您救救我吧!"王丽都请求道。

"你是谁，怎么会在这里?"渔翁心软了，慢慢将船靠了岸。

王丽都将自己的遭遇告诉了渔翁。

"你去哪儿，我送你。"渔翁对王丽都说。

王丽都连连道谢，然后上了船。

一阵大风刮起，推着小船快速前进。渔翁干脆让船自由前行。三天后，他们来到一个港口，准备靠岸。

这里的国王叫丹尔巴斯。这天，国王正和儿子在宫中眺望大海。小船进入了他们的视线。一位姑娘坐在小船里，脖子上戴着珍珠项链，头发虽被海风吹乱，但依然很漂亮，一看就是一位富家千金。

国王领着儿子走出宫门，看见王丽都正靠在船舷睡觉。

"你是谁，从哪里来?"国王叫醒王丽都，问道。

"我的父亲是沙敏虎国王的大臣。"王丽都回答道，然后，边哭边把自己的遭遇告诉了丹尔巴斯国王。

"孩子，我会帮助你。我要写信给沙敏虎国王，请他找到艾奈斯。"丹尔巴斯国王非常同情她。

丹尔巴斯国王的使臣接到命令，立刻出发，日夜兼程，到达目的地后立即向沙敏虎国王呈上书信和礼物。

沙敏虎国王看信后，想起艾奈斯，不由伤心地哭起来。

"请你回去转告丹尔巴斯国王，艾奈斯已经出走一年多了，我也不知道他的去向。如果你能找到他，我一定重金酬谢。"沙敏虎国王稳定了一下情绪，说道。

"尊敬的国王，我奉命前来迎接艾奈斯。走之前，丹尔巴斯国王一再吩咐，要是找不到艾奈斯，将免去我的职务。现在我该怎么向他交代啊?"使臣无可奈何地说道。

无奈之下，沙敏虎国王只好命令大臣带领大队人马陪同使臣去寻找艾奈斯。

他们每经过一个村庄，就仔细向当地人打听艾奈斯的下落，但令人失望的是，所有人都没有见过他。

为了完成两个国王的嘱托，大臣和使臣只好不辞辛苦，继续寻找。他们一直找到了海边，乘船出海，来到瑟克辽岛。

他们来到庄园。仆人们从门缝里看见是大臣来了，便打开门，将他们迎进去。

走进院子，大臣看见一个蓬头垢面、衣衫褴褛的男子站在人群中。

"他是谁？"大臣问女仆。

"他原本是个生意人，遇到了海难，财货两空，只剩下了这条命。"女仆赶紧回答说。

"把他送到客房去吧。"大臣并没有认出艾奈斯。

没有看见女儿的身影，大臣赶紧向仆人询问。

"大人，小姐不见了。"仆人们胆战心惊地回答说。

"我的心肝宝贝到底去哪儿了？庄园这么漂亮，吃的用的都是最好的，怎么还是留不住她呢？"大臣悲伤地自言自

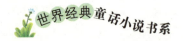

语道。

"这么多人连一个姑娘都看不住，我养你们还有什么用！"大臣生气地斥责仆人，然后又摇摇头叹息道，"这都是命啊！"

过了一会儿，大臣来到屋顶，看见女儿自制的绳子，猜到女儿一定是从这里溜走的。这时，他看见不远处有一只乌鸦和一只猫头鹰，心里立刻产生了一种不祥的预感。

大臣垂头丧气地走下来，吩咐仆人们分头去找，就是搜遍整个岛，也要把女儿找回来。

听到王丽都失踪了，艾奈斯立刻昏了过去。使臣见此情形，决定回国复命。

"大人，我打算做件善事，把那个无依无靠的可怜人带回去，给他治病，等他身体恢复后，再送他回家。"临行前，使臣对大臣说。

"就按你说的办好了。"大臣同意了。

于是，使臣带着昏迷不醒的艾奈斯回国了。这时，他还不知道这个可怜人就是艾奈斯。

三天后，艾奈斯终于苏醒。

"这是什么地方啊?"艾奈斯问道。

"你总算醒了，你现在是和丹尔巴斯国王的使臣在一起。"侍从回答说。

得知艾奈斯苏醒，使臣吩咐侍从拿来食物和水，然后又催促人马继续前行。

已经得到消息的丹尔巴斯国王派人给使臣送来一封"如果找不到艾奈斯，就不要来见我"的信。

使臣顿时不知所措了。

"交给我吧，请带我去见国王。"艾奈斯对使臣说。

使臣带艾奈斯进宫见到丹尔巴斯国王。

"我知道艾奈斯在哪里，他现在待的地方离这里不远，但希望您能告诉我，为什么要找他。"艾奈斯对国王说。

国王吩咐他要保密，然后把整个事情的来龙去脉讲了一遍。

"请您赐给我一套华丽的衣服。"艾奈斯请求道。

国王吩咐侍从照办。

"请您原谅，其实我就是艾奈斯。"艾奈斯穿好衣服对国王说。

"你们两个真是天生的一对，就像天空中两颗耀眼的星星。"丹尔巴斯国王高兴地说。

"王丽都在哪里，她还好吗？我非常想见到她。"艾奈斯急切地问道。

"哈哈，王丽都就在我的王宫里。"国王回答说。

国王吩咐大臣款待艾奈斯和王丽都，同时派遣使臣将这个好消息转告沙敏虎国王。

沙敏虎国王立即回信，说希望他们能够回国举办婚礼，并派人前来迎接。

丹尔巴斯国王赏赐给艾奈斯和王丽都许多珍贵礼物，并亲自带人护送他们回国。

两个国王为一对新人举行了盛大的结婚典礼。王公贵族和普通百姓都前来道贺，祝福这对新人。听了他们的遭遇，人们无不流下同情的泪水，同时也祝福这对新人生活美满幸福。

艾奈斯和王丽都感动得热泪盈眶，深情相拥，对人们的祝福还以鞠躬和微笑。

"快乐将苦难驱散，让我们相聚把酒言欢。相会的和风吹散满天乌云，滋养我们的心田。说不完的苦痛我们亲身经历，数不尽的恐惧我们亲眼所见。"王丽都低声吟唱着。

"让我们畅饮幸福之酒，倾诉衷肠情思。让我们回忆无数个凄凉夜晚，愿今后再不要苦难，尽情享受在人间。"艾奈斯跟着吟唱起来。

当着所有来宾的面，艾奈斯和王丽都深深鞠了一躬，感谢沙敏虎国王和丹尔巴斯国王，并把两个国王送给他们的礼物分发给来宾。

从此，艾奈斯和王丽都相敬如宾，过上了幸福美满的生活。

数萝卜的山神

从前，有一个山神，掌管着山里的全部财富，并统治着一个地下王国。

一天，山神在山中散步，偶然遇见了美丽的爱玛，对她一见倾心。爱玛正和女仆们在小溪中嬉戏，山神用魔棒碰了一下水面，溪水立刻翻滚起来，把爱玛卷到了地下王国。

"这是哪儿？我怎么会在这里？"爱玛有些惊慌失措。

"这里是地下王国，是我把你带到这儿来的。"山神回答说。

爱玛斗不过山神，只好留下来。

宫殿富丽堂皇，但却没有一个人，爱玛觉得非常孤独。为了讨好她，山神想方设法满足她的要求。

"你用魔棒打一下萝卜，它就会变成你想要的动物。"山神拿来几个萝卜和一根魔棒。

爱玛把萝卜变成了一只猫和一条狗，地下王国一下子热闹了起来。

可是没过几天，那些用萝卜变成的动物，都开始精神萎靡，渐渐衰老了。爱玛非常伤心，便向山神诉苦。

"你不必担心，把它们交给我吧！"说着，山神挥了一下魔棒，两个小动物立刻变成了萝卜干。

"我都要寂寞死了。"爱玛哭着说。

"别哭，我再去弄些新鲜的萝卜来。"山神安慰道。

此时正值冬季，山神找遍了整个地下王国，也没找到一个新鲜的萝卜。

他只好把萝卜籽撒在地里，然后略施魔法，得到一个新鲜的萝卜。爱玛把萝卜变成了一只喜鹊。

"你快飞到地上王国，去找我的未婚夫，叫他三天后骑马在溪边等我。"爱玛交代喜鹊说。

三天后，喜鹊回来了。

"你的未婚夫正在溪边等你呢!"喜鹊兴奋地告诉爱玛。

"嘘，小声点儿，山神来了!"爱玛赶紧嘱咐喜鹊。

"爱玛，快看，我种出来好多新鲜的萝卜，你想变什么就变什么。但是，你要告诉我，咱们什么时候结婚。"山神提出条件。

"婚礼一定要隆重，我要变出很多很多的宾客。你去地里数一数，看一共有多少个萝卜，如果数错了，婚礼就取消!"爱玛想了想说道。

"放心吧，我不会数错的!"山神高兴地到地里数萝卜去了。

山神刚走，爱玛就把一个最大的萝卜变成一匹骏马，然后跃上马背，向溪边奔去。

山神心里着急，越急越出错，每次数的结果都不一样，好不容易数对了，赶回宫殿，却发现爱玛不见了。从喜鹊那里得知，爱玛去见她的未婚夫了，山神大发雷霆，立即奔向溪边，可是晚了一步，爱玛早已不知去向。

山神悲痛欲绝，把自己的不幸告诉了风。多嘴的风把山神被骗的事儿传遍了整个世界。人们纷纷嘲笑他，还给他起了个绰号——留贝察尔，意思是"数萝卜的精灵"。

从此，留贝察尔学会了爱憎分明，再也没有欺负过好

人，还经常帮助他们。

下面，就是他助人为乐的故事。

由于庄稼歉收，维特向邻居借了一些钱，最后还不上，邻居抢去了他全部家当，只留下一头小母牛。维特决定去法院告状。

同富人打官司可不容易，妻子劝他不要去，但维特还是写了一纸诉状，递给了法院。

结果维特输得很惨，连小母牛也搭了进去。

"看到孩子们挨饿，我的心都要碎了！"妻子哭着说。

"别哭了，我们只要借到一百泰勒，就能维持下去！"维特安慰妻子说。

"到哪儿去借那么多钱？"妻子问道。

"不是还有你的亲戚嘛，他们那么富有，一百泰勒对他们来说不算什么。"维特回答说。

"对啊，我怎么没想到。我这就为你准备行装。"妻子擦了擦眼泪说道。

维特翻山越岭，终于来到妻子亲戚住的村庄。

见到亲戚们，维特开心极了，向他们讲述了此行的目的。

"我们才不会把钱借给你，看看你那寒酸样儿，拿什么还？"亲戚们的态度十分冷淡，将维特轰了出去。

维特白跑了一趟，浪费时间不说，还遭到冷落和白眼，心中的痛苦不言而喻。夜里，他躲进草棚，躺在地上辗转反侧。

"钱没借到，这该怎么办呢？对啦，去找留贝察尔，听说他曾帮助过很多穷人！"想到这里，维特的心情好多了。

第二天，他来到树林，大声呼喊留贝察尔的名字。树丛晃动了几下，留贝察尔走了出来。

"你是谁，竟敢喊我的绰号！"留贝察尔喊道。

"我叫维特，求求您救救我的孩子，他们快要饿死了。请您借给我一百泰勒，我保证按时还给您！"维特请求道。

"我凭什么帮你，你怎么不去找你的兄弟？"留贝察尔不解地问。

"现在只有贫富之分，哪儿还有什么兄弟。我走投无路，听说您做过很多好事儿，就试着来找您帮忙。"维特讲述了自己的遭遇。

留贝察尔非常同情维特，便答应了他的请求。

他们来到一个山洞，里面装满了钱。

"你尽管拿，不过要写借条，三年后还我！"留贝察尔说道。

维特拿了一百泰勒，写了一张借条，交给留贝察尔。

"我从亲戚那里借来了钱，他们还好吃好喝地招待了我。"维特向妻子隐瞒了实情。

妻子听后十分高兴。

夫妻俩辛勤劳作，三年下来积攒了一笔钱。

一天，维特和妻子带着钱准备去还债。

"我们是不是迷路了，这不是去亲戚家的路啊。"妻子发现有些不对。

"我之前没跟你说实话。亲戚们不但嘲笑我，连口水都没给我喝，就把我赶了出来！我们这是去找恩人，是他救了我们一家。"维特对妻子说道。

妻子听后很难过，半天没说出话来。她没想到亲戚们会这样对待维特。

"我们的恩人就住在这里，他叫留贝察尔。你在这儿等着，我去还钱。"维特嘱咐道。

维特来到三年前和留贝察尔见面的地方，大声呼喊，可是树林里一点儿动静都没有。

"怎么办呢，把钱放在这儿，也许他能看到。"维特把钱

放在树下，转身离去。

"要是钱丢了怎么办，你还是找到他，亲手交给他，这才稳妥。"妻子劝丈夫。

"那我再试着喊一下他。"维特又大喊了几声。

留贝察尔终于出现了。维特还了钱，准备回家，可妻子却建议去亲戚家看看。

傍晚，他们来到亲戚家，可开门的却是一个陌生男人。男人告诉他们，住在这里的人，三年前破产后就离开了。

维特和妻子面面相觑，无奈地摇了摇头。

后来，据说维特已经老得走不动了，却依然经常给孩子们讲关于留贝察尔的故事。

下面还是一个留贝察尔助人为乐的故事。

小城里有一个面包店，老板十分吝啬，臭名远扬。工人们没日没夜地工作，但工资却少得可怜。看到老板像蜘蛛一样贪婪，人们便称他为蜘蛛老板。

只要穷人向他借钱，蜘蛛老板就会让他做工还账，或是让拉两大车柴火抵债。这还不算，他总是说拉来的柴火不够，要求再加两车，否则就要告到法庭。

穷人是打不赢官司的，无奈，只得按照老板的要求去做。

一次，蜘蛛老板在一个偏远的山村，从一个穷人那儿买了十车柴火。穷人把柴火都送来了，老板却只付给了他一半的钱。

"为什么，我们不是谈好了价钱吗？"穷人十分诧异。

"就这么多，不行你就把柴火拉回去！"老板装作无奈的样子。

"求求您了，家里没米下锅，孩子们都要饿死了，您就可怜可怜我吧！"穷人哀求道。

可蜘蛛老板却不为所动，穷人只好拿着钱，坐上雪橇离开了。

回家途中，他看见一个男人衣着单薄，艰难地行走在雪地上。

"他一定又冷又饿。"穷人请他上了雪橇。

男人非常感激穷人，看到穷人一脸沮丧的神情，便询问原因。

穷人把事情经过原原本本地告诉了他。

"我会让蜘蛛老板付出代价的!"男人说着跳下雪橇。

"大冷的天儿，你要去哪儿啊？快点儿回来，你会冻坏的!"穷人大声喊道，但男人已经消失得无影无踪了。

穷人没办法，只好一个人回家去了。

第二天，蜘蛛老板喜滋滋地坐在暖和的面包房里。

"昨天那个乡巴佬被我骗了，真是活该!"老板暗自得意。

这时，一个樵夫走进面包房。

"您这里要雇劈柴工吗？我要的工钱很低。"樵夫说道。

"你想要多少工钱？" 蜘蛛老板问。

"一捆柴火就行。"樵夫回答说。

"让他使劲儿拿又能拿多少。"老板想，然后爽快地答应了樵夫。

第二天天没亮，蜘蛛老板就被劈柴声吵醒了。他披上衣服出来，看见樵夫正站在柴火垛上干活儿。他用脚一踹，柴火就立刻裂开，三两下就把所有柴火都劈好了。

"老板，劈完了，我要拿工钱了。"樵夫笑着说，然后从口袋里取出绳子，把所有柴火捆到一起，背到肩上，抬脚就走。

"抓住他，快抓住他!"老板看得目瞪口呆，终于反应过来，跑去追赶樵夫。

樵夫越走越快，人也变得越来越高大。

"是留贝察尔!"老板大吃一惊。

"你这个黑心的老板，以后再敢欺骗穷人，我绝不会放过你!"留贝察尔大声说道。

这天早晨，穷人发现院子里堆着一大垛柴火，旁边放着那个路人的破衣服。穷人捡起衣服，金币像雨点一样落下来。

"一定是留贝察尔，他就是那个路人。"穷人恍然大悟。

蜘蛛老板关了店铺，从此杳无音信。可留贝察尔这个名字，却一直记在人们心中。

鼠　　塔

在莱茵河中耸立着一座塔楼，人们都叫它"鼠塔"。关于这座塔楼，坊间流传着这样一个传说。

很久以前，在莱茵河畔，住着一个残忍的主教哈笃，他非常富有，却十分吝啬，从来不去救济穷苦的人。他拥有大片田地，仓库里的麦子可供全镇人吃上几十年。他每天都要把宝箱里的金子仔细地数一遍。

在那个年代，美茵茨居民的生活并不像主教那样幸福和安逸，有许多穷人都没有衣服穿，饭也吃不饱。

有一年，莱茵河周边地区发生了百年不遇的水灾，庄稼绝收。那些穷人家里渐渐没有了粮食，大人们叹息着，孩子们哭号着，饿死了很多人。

穷人们迫不得已，集体跑到主教那里去请求他施舍一些粮食，以解燃眉之急。

"尊敬的哈笃主教，我们快要饿死了，请你施舍些粮食吧，让我们先渡过这个难关。等以后有了好收成，我们一定会加倍偿还你。你的恩德我们永远都不会忘记……"穷人们跪在主教门前，可怜兮兮地哀求道。

"来人啊，把这些穷鬼们都给我赶出去！"哈笃主教喊道。

尽管百姓们苦苦央求，但是哈笃主教的心肠像铁石一样，什么都没给。

那些不幸的穷人每天都去找哈笃主教，可他总是以种种理由拒绝施舍粮食，还让教徒们毫不留情地赶走他们，让他们空手回去。

但穷人们知道，只有哈笃主教才能解决他们的燃眉之急。

穷人们日夜不停的喧哗声和祈求声弄得哈笃主教不能安睡，他对这些穷人厌恨极了。

哈笃主教觉得一直这样下去不是办法，便绞尽脑汁，想出了一个摆脱穷人的办法。

"你们赶快去通知那些穷人，先到郊区的那座仓库去等着，一个小时后我会亲自去给他们发放足够的粮食。"哈笃主教诡秘地吩咐仆人。

听到哈笃主教要为他们发放粮食的消息后，穷人们欢天喜地，手舞足蹈。

天真善良的穷人们对哈笃主教的话信以为真，迅速赶到郊外的仓库。

哈笃主教果然没有失信，按时带着家里所有的仆人来了。但令人们奇怪的是，他们两手空空，没带来任何粮食和食物。

"可能拉麦子的车在后面呢?"

"我相信哈笃主教是不会骗我们的！"

大家七嘴八舌地议论着关于粮食的事。

哈笃主教没有走进仓库，而是在仓库后面停下了脚步。

"来人啊，赶紧上去把所有的门窗关上，在房子周围架起木柴、稻草。我今天一定要把这些扰乱我生活、想要我粮食的穷鬼们都活活烧死在里面。"哈笃主教气急败坏地命令仆人。

穷人们的议论声，掩盖了主教那恶毒的命令声。

这时，穷人们在房子里听到外面传来响亮又残酷的声音。

"可恶、该死的穷鬼们，一会儿你们就会像老鼠那样可怜地死去。我已经在仓库房上架好了木柴，你们再也不会因为缺少粮食而忧愁了，也不用我来施舍你们了！"哈笃主教大喊道。

此刻，关在仓库里的穷人渐渐地安静下来。

几分钟后，整个仓房四周陆续着起了熊熊大火，火焰愈升愈高。

"救命啊，快来人啊！"

"放我们出去！"

"哈笃主教，我们不要你的粮食了，不用你施舍我们了。"

"哈笃主教，可怜可怜我们的孩子们，他们还小啊！"

谷仓里传出人们撕心裂肺的求救声。

"你们听见老鼠啃食谷子的声音了吗?"哈笃主教笑着问他的手下。

呼喊声、敲窗砸门声和木柴的燃烧声汇成一片。

哈笃主教的教徒们、仆人们看见如此残酷的情景却无能为力,心情很难过,脸色惨白,浑身发抖。

而哈笃主教则乐此不疲地欣赏着自己一手制造的"屠杀",直至熊熊的烈火将仓库的屋顶烧得坍陷下去,再也听不到穷人们的呼救声。

哈笃主教背着双手,哼着小曲,慢慢悠悠地踱回家去,像平时一样,与家人共进晚餐。

当天晚上,哈笃主教梦见自己和朋友为摆脱穷人而庆祝时,四周爬出了灰色的大老鼠。它们跳上餐桌,啃食惊恐的宾客面前的食物,连一片面包也不放过。

第二天早晨,哈笃主教醒来,看见挂在墙上的相框已掉落在地上,摔得粉碎。他仔细一看,原来相框是被老鼠咬坏的,碎片上面还留着老鼠的齿痕。

哈笃主教非常愤怒，但却不知道发生了什么事情。按照惯例，他洗漱后和家人一起享用丰盛的早餐。

"不好了！哈……哈笃……主……主教，我……我……看见成千上万的老……鼠……老鼠从那烧掉的仓库灰里钻出来，向咱们这儿爬……爬来，好像要吃……吃人的样子。"一个仆人气喘吁吁地跑来报告。

哈笃主教顿时明白，这些老鼠一定是那些被烧死的穷人变的，是来找他复仇的。

哈笃主教害怕极了。怎么办呢？他突然有了主意，赶紧逃走。

他不顾一切地骑着马出发了，可是不一会儿，就看见一群老鼠快要追上他了。

这时，他望见了前面的莱茵河。

哈笃主教跳下马，迅速跳到停在岸边的一条船上，拼命划着桨，沿着莱茵河顺流直下，向河中心划去。

最终，哈笃主教登上了耸立着塔楼的那座岛，走进石

塔，把门牢牢地锁好。

"在这个塔楼里我终于安全了，老鼠是没有办法游过激流滚滚的河水的，我可以逃避它们锋利的牙齿了。"哈笃主教心想。

然而，哈笃主教高兴得过早了，只见无数只老鼠顷刻间就吃掉了他的老马，已经渡水向他藏身的石塔奔来。

哈笃主教吓得马上把窗关好，向塔的中央攀爬而去。

老鼠从塔的四面八方陆续爬上来，"咔嚓、咔嚓"啃着门窗上的木头。哈笃主教开始恐惧起来。

不一会儿，老鼠们打了一个洞，陆续钻了进来。

哈笃主教无奈地爬到了塔顶，然而老鼠们也跟着爬上来，爬到了他的身上。

主教频频叫喊着，驱赶着，祈祷着，但没有一点儿办法驱散它们，也没有一个人来营救他。

一眨眼儿的工夫，无数只老鼠就把这个惨无人道的哈笃主教咬死了，吃得只剩下一副骨架。

如今，在莱茵河里，依然耸立着一座13世纪美茵茨的大主教建造的石塔，当地的人们叫它"哈笃塔"或"鼠塔"。

据说，这座塔楼就是那吝啬的哈笃主教，当年因残忍烧死挨饿的人们而被老鼠吃掉的地方。

小猪王子

  很久以前，有一个老爷爷和一个老奶奶，九十多岁了。他们生活拮据，住在一间破烂的茅草屋里。更糟糕的是，他们没有孩子。两位饱经沧桑的老人多么希望有一个孩子呀！在无数个漫长的白天和黑夜，他们互相倾诉着孤寂的心情。

  一天，老奶奶叹息着对老爷爷说："当家的，咱俩再这样下去太痛苦了，没有孩子就没有希望啊！"

  "是呀，我的好老伴儿，可又有什么法子呢？这是老天爷的安排啊！"老爷爷无可奈何地说。

"我想了一个办法，明早天一亮你就起床，顺着山谷一直走，把第一个碰到的人或动物带回来，当作咱们的孩子，尽一切力量去抚养，你看怎么样？"老奶奶说。

老爷爷也很想有一个孩子，便听从了老伴的建议。

第二天一早，老爷爷就动身了。他沿着山谷走，来到一片泥沼前。他看见一只母猪带着十二只小猪正在污泥里打滚、晒太阳。一见有人来了，母猪立即率领小猪们逃跑，只剩下一只最瘦最脏的小猪陷在泥浆里爬不出来。老爷爷不顾小猪浑身脏臭，上前把他抓住，往背包里一塞，准备扛回家。

"谢谢老天爷帮助我，给我可怜的老伴儿带了个安慰回去！"老爷爷高兴地想。

一到家，老爷爷就跟老奶奶说："瞧，我给你带回来一个宝贝！你看看他美丽的眼睛，长长的睫毛，真是漂亮极了！老伴儿，快烧点热水，给他洗个澡。他淘气弄了一身泥浆，这可爱的小东西！"

老奶奶很快就烧好了洗澡水，将小猪放进澡盆，给他打上香香的肥皂，细心搓洗，不一会儿就把他全身的污垢洗干净了。老奶奶抱着小猪的脑袋，在他鼻尖上重重地亲了一口。

接下来的日子，小猪每天都生活在幸福之中。只要有什么好吃的、好喝的，老爷爷和老奶奶都留给小猪吃。这个小家伙很快就长胖了，个头儿也长高了，非常可爱。

自从有了小猪，两位老人有了寄托，每天生活得也很愉快。虽然有人说小猪长得又丑又胖，但老爷爷、老奶奶却不以为然，他们觉得世界上再没有比他们的孩子更漂亮的了。

但是有一件事让他们很难过，却又没有办法改变——他们的小宝贝不会说话，自然也就不会叫爸爸、妈妈了。

一天，老爷爷准备去市场买东西。老奶奶对他说："别忘了给小乖乖带点儿豆角回来，他最喜欢吃这个了。"

"知道了，老伴儿！"老爷爷回答说。

老爷爷进城买回了小猪爱吃的豆角和一些日用品。他回来的时候,老奶奶像往常一样问道:"喂,当家的,城里最近都在谈论些什么呀?"

"反正不是什么好消息,国王要嫁女儿了。"老爷爷说道。

"这不是喜事吗,怎么还说不是好消息呢?"老奶奶问。

"你别不信,我要说了,你肯定会起鸡皮疙瘩。"老爷爷说道。

"天哪,到底发生什么事儿了?"老奶奶惊奇地问道。

"国王派钦差到世界各地宣布,谁能在自己家和王宫之间造一座宝石桥,就把女儿嫁给他,并分给他半壁江山。这座桥必须全部用宝石砌成,两旁要种上世界各地名贵的树木,树上还要有鸟儿唱歌。最可恨的是,应征者若造不好桥,一律要被斩首。据说有很多年轻的王子都来了,但谁也没把这座桥造好。国王最后砍了他们的头。老伴儿,你说说看,这是好消息吗?"老爷爷愤愤地说。

听完老伴儿说的，老奶奶吓坏了，说："天哪！真是太可怕了！一想到这些年轻的王子被无辜斩首，我心里就不好受，他们的母亲一定痛心死了。幸亏咱们家的大宝贝不会说话，也永远不会去做这种傻事，要不然我们真的是白费心血了。"

"老伴儿，不过你说，要是咱们的儿子真的会造桥，把国王的女儿娶回来，那该多好啊……"很显然，老爷爷有着不一样的想法。

此时的小猪正默默地待在炉灶旁的猪窝里，眼睛盯着老爷爷和老奶奶，听他们说话，还不时地哼哼几声。

突然，一个声音传来："爸爸，妈妈，是宝石桥吗？我能修！我能修！"

老奶奶听见说话声，以为是自己的耳朵出了问题。老爷爷则认为是魔鬼在作怪，吓得浑身发抖，惊慌失措地四下张望，想找到声音的来源，可是他什么也没有找到。

这时，小猪又叫了起来："爸爸，别害怕，是我……你现在就去王宫，告诉他们我可以造好这座宝石桥。"

老爷爷结结巴巴地说道："天哪！你还会说话呀！不过……我的孩子，你做得到吗？"

"放心吧，爸爸，交给我好了，你只管去跟国王讲。"小猪坚定地说。

老爷爷看上去很兴奋，可老奶奶一把抱住小猪说："我

的心肝儿，终于听到有人叫我妈妈了！可千万别拿自己的脑袋去冒险啊！我们老了，太孤独了，别抛下我们，让我们无依无靠！"

"别害怕，我亲爱的妈妈，你还要活好多年呢！你会看到我的能力，放心好了！"小猪安慰妈妈说。

听了小猪的话，老爷爷觉得应该相信自己的孩子。他梳洗完毕，带上手杖，踏上了前往王宫的路。

进了城，老爷爷毫无顾忌，径直向王宫走去。守门的士兵看见他，问道："喂，老头儿！你来这里有什么事吗？"

"我想禀报国王，我儿子愿意替他建造宝石桥。"老爷爷回答说。

得到允许，士兵把老爷爷带到国王面前。

"你找我有什么事，老头儿？"国王问道。

"英明睿智、威震四海的陛下，愿您万寿无疆！我儿子听说陛下要招女婿，叫我来禀告您，他可以为您把宝石桥

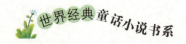

造好。"老爷爷恭恭敬敬地说道。

"要是真有这本事，就让他造吧。成功的话，我女儿和半壁江山就是他的了。"国王说道。

"我想，那些求婚王子的下场，相信你一定也听说了，他们的出身可比你儿子要高贵得多。要是觉得行，就让你儿子来吧。你现在想改变主意还来得及，我不会追究的。不过，你可千万别癞蛤蟆想吃天鹅肉！"国王顿了顿说道。

老爷爷听完，鞠了一躬就回家了。

回到家，老爷爷把国王的话告诉儿子。小猪简直乐疯了，在屋子里窜来窜去，把东西碰得嘭嘭直响。

"爸爸，我们快走吧！我想马上去见国王！"小猪催促道。

老奶奶终于控制不住哭了起来，说："天哪！世界上的幸福就要永远地离我而去了！我费了多大的劲抚养他，多细心地照顾他……可这么快，就要永远地失去他了。"

老爷爷不声不响地戴上皮帽子，拿起手杖，跨出门槛，说道："来吧，儿子，咱们给你妈妈找个儿媳妇去！"

小猪高兴极了，兴奋地跟上老爷爷。一路上，小猪一边喃喃自语，一边东闻西嗅。

老爷爷带着小猪来到王宫门前，卫兵见了他们哈哈大笑起来。

"老头儿，你这是给我们带来了一个什么东西呀？"一个士兵讥讽地问道。

"怎么着，这是我儿子，他要给国王造桥。"老爷爷挺直了腰板说。

"啊呀，老头儿，你是疯了还是不想活了？"一个年纪较大的卫兵说。

"唉，就这样吧，反正人只能死一回！"老爷爷回答道。

"你呀，干吗非得上老虎头上拍苍蝇呢？"卫兵劝道。

"反正跟你们不相干，快告诉国王我们来了。"老爷爷说。

士兵们你看着我，我看着你，疑惑不解，终于有一个跑

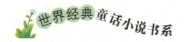

去禀报了。

老爷爷进了门，深深地鞠了一躬，毕恭毕敬地站在一边。可是小猪呢，无拘无束地在大厅里走来走去。

"喂，老头儿，上次你来，我看你还不糊涂，这次居然带来了一头猪！说，你为什么要和我开这种玩笑？"国王生气地说。

"上帝保佑！我至高无上的国王，我这个可怜的白发老头儿哪敢跟您开玩笑呢？他确实是我的儿子，上次就是他让我来的。"老爷爷战战兢兢地回答说。

"那么，造桥的就是他吗？"国王强忍怒气，阴沉着脸问道。

"是的，陛下。"老爷爷回答道。

"那就带着你的猪，马上给我滚出去！明天早上要是桥还没有造好，你们全家的脑袋都得落地，懂吗？"国王怒吼道。

看到国王大发雷霆，老爷爷吓得直哆嗦，但也没什么办法，继续说道："请息怒。不过，要是事情办妥了，我求陛下把美丽的公主嫁到我们家去。"

老爷爷说完又深深地鞠了一躬，带着小猪回家去了，后面跟着几个监视他们的士兵。

黄昏时分，老爷爷和小猪回到家。老奶奶看到门外站着的士兵，吓得浑身发抖，小声问："我的上帝呀！当家的，你招来了什么样的灾难呀！"

老爷爷一声不吭，闷闷地抽着烟。小猪倒是满不在乎，在房间里跑来跑去。两位老人满腹心事，直到天快亮时才睡着。

看到老爷爷和老奶奶睡熟了，小猪爬上柜子，捅破窗户纸，哼了一声。立刻，两股火焰从小屋里喷出，一直延伸到王宫。眨眼之间，宝石桥就造好了，和国王要求的一模一样。老爷爷的茅草屋呢，也已经变成了一座富丽堂皇的宫殿，比王宫还要华丽。

老爷爷和老奶奶一觉醒来，发现身上穿着紫色天鹅绒睡袍，宫殿里摆着金银器皿和山珍海味，小猪正在地毯上嬉戏打滚。看到这一切，外面的士兵惊得目瞪口呆。

消息传开，全城百姓很快知道了这件事。国王迫于舆论压力，只好忍痛把女儿嫁给了小猪。

公主非常好奇，想马上见到未婚夫。

来到老爷爷和老奶奶家，公主觉得未来的公公、婆婆都

很慈祥，宫殿也很豪华。但是，看到自己未来的丈夫，她不由得愣住了。过了好一会儿，公主才慢慢冷静下来，耸了耸肩，自言自语地说："或许这是上帝的旨意吧！"

因为公主嫁给了一头小猪，所以没有举办婚礼，国王和王后把公主直接送到小猪的家里。

成婚以后，小猪白天还是到处跑呀，打滚呀，只顾吃喝玩闹。但是，到了晚上，小猪就脱下猪皮，变成一个非常帅气的王子。

开始时，公主很害怕，但是时间长了，也就慢慢习惯了。而且她发现，小猪不但没有之前那么丑了，反而越看越可爱。

过了一段时间，公主有点儿想家，想回去探望父母。因为不方便和丈夫一起体面地回去，她只好一个人回了王宫。国王和王后看到自己的女儿，既高兴又担心。

公主将小猪的事情告诉了父母。

"亲爱的孩子，不要觉得委屈，你的丈夫既然能做好常人难以完成的事，那他一定有过人之处，以后要好好和他过日子。"国王说。

吃过午饭，王后带着公主在花园里散步。

"可怜的宝贝，你过的是什么日子呀，你可能永远也不能和丈夫一起出来见人了。真是让人担心！"她摸着公主的脸说。

"亲爱的妈妈，我的丈夫很可爱，也很善良，他并没有伤害我呀！您和爸爸不用为我担心。"公主眨着大眼睛说。

"孩子，你这样下去也不是长久之计啊！听听劝吧！你回去以后，等他晚上睡着了，偷偷把他的猪皮丢到壁炉里烧掉，从此你就再也不用发愁了。"临回家时王后又偷偷地对公主说。

公主听了没有说话。

犹豫了三天三夜，虽然有些矛盾，但公主还是决定按照王后的意思去做，过正常人的生活。她叫人把壁炉里的火烧得旺旺的，趁丈夫睡觉，偷偷地把猪皮扔进火里。

猪皮噼里啪啦地燃烧起来，不一会儿就只剩下一堆灰烬。宫殿里立刻弥漫着难闻的气味。

王子醒过来，看到眼前的一切，不由得掉下眼泪。他对公主说："天啊，你都做了些什么啊！你这样做会给大家带来痛苦的！"

突然，公主觉得自己的身体好像被夹在了一个铁圈里。王子接着说："我们不能在一起生活了，你听信了别人的话，肯定会受到惩罚。你只有再次找到我，我用右手触碰到你，这铁圈才会断开，我身上的咒语也才能被解除。你需要我的时候，就去昂桑修道院找我吧。记住，我叫查尔蒙王子。"

话音刚落，一阵狂风刮来，王子瞬间消失，宝石桥和所有的金银财宝随之无影无踪，宫殿也恢复到从前的破茅屋了。

公主知道自己做错了事，不能再待在婆家，可是回娘家又怕父亲生气，于是决定去找查尔蒙王子。

她走了整整一年，来到一片树林。天渐渐黑了，她在树林深处发现了一间小房子。房子上面长满了毛茸茸的苔藓。她轻轻敲了敲门，听到一个老妇人的声音："谁呀？"

"我，一个可怜的迷路者。"公主回答道。

"你要是个好人的话，就把这间房当作家吧。你要是打什么坏主意，那就请你马上离开，因为我的小狗不会给你留情面的。"老妇人说。

"我是个善良的人，希望您能收留我！"公主乞求道。

门打开了，一位长鼻子老婆婆出现在公主面前。

"你好，年轻的姑娘，是什么事情让你来到了这么偏僻的地方？"老婆婆问道。

"亲爱的老婆婆，是我的罪孽让我来到了这里。我在寻找一个叫昂桑修道院的地方，可是我根本就不知道它在地球的哪一个角落。"公主长叹了一口气说。

"哦，碰到我算你走运。我是圣礼拜三，可以帮你召集王国里的动物来问问。"老婆婆说道。

"真没想到会在这儿遇到您！真是太谢谢您了！"公主高兴地说。

圣礼拜三提高嗓音，把王国所有的动物都召集起来。公主满怀希望地向动物们打听昂桑修道院在哪里，可动物们异口同声地说根本没听说过这个地方。

圣礼拜三感到非常遗憾，可又没有什么办法，只好让公主去找她的姐姐圣礼拜五问问。圣礼拜三拿出一块面包和一小杯酒让公主在路上吃，另外还送给她一只金纺锤作为礼物。她轻轻嘱咐公主："好好把它们收起来，我的孩子，你以后也许会用得着的。"善良的圣礼拜三又详细说明了圣礼拜五的位置。

公主走了一年，历尽千辛万苦，终于来到了圣礼拜五的家。可是，圣礼拜五也没能帮上公主。她又送给公主一块面包、一小杯酒和一架用金子做成的纺车，告诉公主去找圣礼拜天。

因为着急赶路，公主当天就出发了。她又走了整整一年，才来到圣礼拜天的家。

圣礼拜天同样热情地招待了公主。她呼喊一声，把世界上所有的动物全都叫来，恳切地询问它们知不知道昂桑修道院在什么地方，但得到的回答都是没有听说过这个地方。

圣礼拜天长叹一声，无奈地看着可怜的公主说："可怜的孩子，我预感到，你要是再找不到你想要的东西，无情的灾祸可能就要降临到你的头上。"

就在这时，一只百灵鸟一瘸一拐地来到圣礼拜天面前。圣礼拜天问百灵鸟："亲爱的百灵鸟，你知道昂桑修道院在什么地方吗?"?

"当然知道，女主人。我因为犯了错误，刚刚在那儿受到了惩罚。"百灵鸟回答道。

"那拜托你领着这位可怜的公主去昂桑修道院吧。路上要好好照顾她。"圣礼拜天说道。

"女主人，全听您的吩咐。"百灵鸟毕恭毕敬地回答说。

圣礼拜天也给了公主一块面包和一小杯酒，作为她去昂桑修道院路上的干粮，还送给她一个金盘子和一只金鸡，说这些都是她用得着的。

公主跟着百灵鸟出发，时而徒步，时而飞行。公主走不动了，百灵鸟就让她骑在自己的背上。

她们又整整走了一年，穿过幽静的森林，跨过浩瀚的海洋，勇斗各种猛兽，最后来到一个山洞前。

百灵鸟实在累坏了，连拍打翅膀的力气都没有了。她们走进岩洞，发现里面是一个全新的世界，一个真正的世外桃源。

"公主，这就是昂桑修道院，你找了好久的查尔蒙王子就住在这里。"百灵鸟说。

岩洞里五光十色，金碧辉煌，不仅有宝石桥，还有华丽的宫殿。看着这熟悉的一切，回忆过去的点点滴滴，公主的眼泪夺眶而出。

"你不了解这个地方，还有许多危险在等待着你。"百灵鸟说。

百灵鸟指路给公主，让她在那里等待三天，并告诉她在那里会遇见谁，该说些什么话，然后又把纺锤、纺车、金盘、金鸡的用处讲给她听。

一切交代妥当，百灵鸟辞别公主，飞走了。

公主按照百灵鸟的指引来到一个小湖边，把圣礼拜三送给她的金纺锤拿出来，躺在地上休息。

过了一会儿，一个女仆走过来打水，看见公主，还看见一只奇怪的纺锤在自动纺纱，而且纺出来的金纱比头发还要细。女仆马上提着水跑回去，向女主人禀告这一切。

女主人是个细腰蜂，非常邪恶，会施展各种各样的巫术，而且很虚伪。如今细腰蜂在查尔蒙王子的宫殿里当总管，她梦想得到世界上所有的好东西，而且在众人面前装得很善良。听到金纺锤，贪婪的细腰蜂立刻动了心，派女仆去找公主。

"听说你有一只能自动纺纱的金纺锤，愿意卖给我吗？

要多少钱你随便说。"细腰蜂一见到公主就问。

"你要是喜欢这个纺锤，我可以送给你。不过，我有一个条件，你得想办法让我在查尔蒙王子的房间里睡上一夜。"公主说。

"这有什么不可以。对我来说，这太简单了！把纺锤给我，你就可以在这儿待一晚上了。王子一会儿就要打猎回来了。"细腰蜂尖声说道。

公主把金纺锤给了细腰蜂。

细腰蜂知道查尔蒙王子每天晚上都要喝一杯新鲜牛奶，特意让人准备了一杯，然后往里面放了点儿安眠药。以前她做坏事的时候，也是这样干的。

看到查尔蒙王子睡着了，细腰蜂按照刚才谈妥的条件，把公主叫到王子的房间，对她说："待在这儿，哪儿也不许去，天快亮的时候，我来找你。"

细腰蜂踮着脚尖走了。她倒不是怕把熟睡的王子吵醒，而是担心被睡在隔壁的侍从听见。

看着细腰蜂走远，可怜的公主马上跪在王子床边，流着热泪对他说："查尔蒙王子！查尔蒙王子！我历尽千辛万苦才来到你的身边，请把你的右手放在我的身上，让这冰冷的铁圈断开，让我好好服侍你，赎清我的罪过吧！"

可怜的公主就这样一直哭到黎明，结果白费力气，王子躺在床上一动不动。

天快亮了，细腰蜂准时出现在王子的寝宫，把公主赶了出去。可怜的公主只好拖着疲惫的身体走出宫殿。

按照百灵鸟的指示，公主再一次来到小湖边，把圣礼拜五送的金纺车拿了出来。

女仆来打水的时候，看见了公主和自动纺线的金纺车，又跑到女主人那里报告。细腰蜂见到公主，用同样的手段得到了金纺车。

细腰蜂再次给查尔蒙王子喂了安眠药。公主又跪在王子床前，握着他的手，整整哭了一夜。可是，王子还是一点儿反应也没有。

　　第二天一早，王子还没醒来，细腰蜂又像上次一样，把公主从王子的房间赶了出去。

　　可是细腰蜂没有想到，这一切都被王子的一个侍从看在了眼里。侍从对这个可怜的公主起了怜悯之心，想帮助她。而且，他早就对细腰蜂恨之入骨，但是因为她会巫术，所以一直敢怒不敢言。他决定利用这个机会，让细腰蜂的诡计彻底失败。

　　侍从趁和查尔蒙王子打猎的机会，把两个晚上发生在他房间里的事情一五一十地告诉了王子。王子听了，既惊讶又激动。一想到自己的妻子，他的眼睛湿润了。公主历尽千难万苦找到自己，证明了她执着的爱。有了爱的光环，细腰蜂的巫术再也起不了任何作用了。

　　公主从宫殿出来，再次来到湖边，把最后的希望——金盘和金鸡拿了出来。女仆一看到这些新奇东西，连水都忘了打，上气不接下气地跑到女主人那里去报告。

　　"女主人，您知道我看见了什么吗？那个蠢女人现在又有了新东西——金盘和金鸡，简直漂亮极了！您见了肯定会喜欢的！"女仆兴奋地说。

细腰蜂用同样的方法，把公主的金盘、金鸡弄到了手。

查尔蒙王子打猎回来，装作什么事情也没有发生。临睡时，仆人又端来一杯牛奶，但这次王子没有喝，而是偷偷把牛奶倒进了花盆，躺下来假装睡得很香的样子。

细腰蜂以为王子睡着了，像前两夜一样，把公主叫到王子的房间，放心地离开了。可怜的公主又跪在王子的床边，哭着说道："查尔蒙王子！查尔蒙王子！可怜可怜我吧，几年来我受尽了残酷的折磨，已经知道错了！请你宽恕我，把你的右手放在我身上，让铁圈断开，让我们重新生活在一起吧！请给我一个机会，让我赎清自己的罪过，我已经筋疲力尽了！"

这时，查尔蒙王子睁开眼睛，将右手伸了出来。哗啦一声，铁圈断开了！公主抱住王子失声痛哭。

原来，细腰蜂就是老爷爷之前在泥沼里遇见的那头母猪。她做梦都想拥有苗条的身材，所以平常就把自己变成一只细腰蜂。她还用巫术把主人查尔蒙王子变成了一头又瘦又脏的小猪，获得了王子的宫殿和财产掌控权。除非查尔蒙王子找到真爱，否则他将永远变不回从前的模样，而背叛他感情的人也将和他一样遭受禁锢。

现在公主历尽千辛万苦，终于找到了查尔蒙王子，用实际行动证明了对王子的愧疚和爱。细腰蜂的魔咒随之化解，并且再也无法对他们施巫术了。

查尔蒙王子命令侍卫处死了恶毒的细腰蜂，夺回了属于自己的一切，还赏赐了很多财物给那个告诉他真相的侍从。

因为当初没有举办婚礼，查尔蒙王子特意举办了一场盛大别致的结婚典礼，邀请双方父母和全世界的朋友来参加，还把老爷爷和老奶奶接了过来，让他们享受人生最后一段快乐时光，报答他们的养育之恩。

从此，王子和公主又幸福地生活在了一起，互相扶持，彼此珍惜，再无猜忌。他们还生了两个小王子和两个小公主，宫殿里每天都和谐温馨，充满了欢声笑语。

小王子寻鸟记

在很久以前，埃塞俄比亚有一个国王，他有七个儿子。一天，空中飞来一只美丽的鸟。鸟一身金色的羽毛，一副扇动的翅膀闪烁着耀眼的光，爪子上镶嵌着五颜六色的宝石，看上去漂亮极了。

国王看着这只鸟，眼里流露出喜爱的目光。

"孩子们，我太喜欢这只鸟了。你们要是爱父王，就去把它捉回来！"国王对王子们说。

"父王，我去。"大儿子听后马上站起身说。

"父王，我们也去！"几个王子也都争先恐后地站起来说道。

听了儿子们的话，国王非常感动，为自己生养了这些孝顺的儿子而感到欣慰。

这时，坐在一旁的小儿子却没有说话。他默默地看着大家，好像有话要说，却欲言又止。这让国王感到有些失望。

第二天，国王为王子们打点了行装，又给了每个儿子一匹骏马和一百个奴隶，唯独没有小儿子的份儿。

"父王，我也想和哥哥们一起去。"小儿子走到国王跟前说。

"孩子，你还太小，找这只鸟可不是件容易的事，要走很远的路，要吃很多苦。"国王摸了摸小儿子的头，慈爱地说。

"不，父王，我也要像哥哥们一样证明我是爱您的。不管吃多少苦，我一定要将那只鸟找到。"小儿子望着父王，态度坚决地说。

被小儿子的一片孝心感动了，国王终于同意了，叮嘱他路上一定小心，并且为他准备了一匹骏马、一百个奴隶和一些钱。

国王依依不舍地送王子们去寻找美丽的鸟。

王子们走出王宫，漫无目的地寻找了五天，一无所获，王子们累得筋疲力尽。几个哥哥商量放弃，但小王子就是不同意。

于是，他们密谋要杀掉小王子。

"你可以选择把马、奴隶和钱都交给我们，然后离开，或者选择死在我们手上。"傍晚，哥哥们凶相毕露，恶狠狠地对小王子说。

"统统拿去好了，只要不杀我。"小王子失望极了，无奈地看着几个哥哥说。

哥哥们拿走了马、奴隶和钱，只给小王子留下几件衣服和一本魔法书。

"我们有六百个奴隶，加上从小傻瓜手里夺来的一百个，建一座城堡人手已经足够了。"哥哥们计划起来。

哥几个一商量，决定建一座城堡，放弃继续寻找宝鸟的计划，留下来。

小王子没有原路返回王宫，而是继续寻找父王喜欢的那只鸟。他穿过茂密的大森林，越过绿油油的原野，走了两天两夜，终于到达了一个黄沙漫天的大沙漠。

沙漠的中央长着一棵参天大树。小王子坐在大树下休息，忽然一个面目狰狞的巨怪走到小王子跟前。

"你从哪里来，要上哪儿去?"巨怪厉声问道。

"我也不知道从哪里来，要到哪里去。"小王子如实回答说。

"你是填不饱我肚子的，那就用你的血漱口，用你的骨头剔牙，用你的皮肉垫垫嘴，然后再到森林里捉两头大象吃吧。"巨怪接着说道。

"不要吃掉我，求求你。"小王子不寒而栗，急忙央求道。

"要我不吃掉你只有一个办法，那就是找来东西让我吃饱。"巨怪看了看小王子，提出条件。

"这里荒无人烟，让我到哪儿给你找吃的啊？"小王子发愁了。

"我也不知道，反正你找不到东西，我就要吃掉你。"巨怪寸步不让。

小王子拿出魔法书，变出很多美味的食物给巨怪。

"现在我们可以谈谈了，告诉我你来这里的目的吧。"巨怪吃饱后问小王子。

小王子看了一眼吃饱的巨怪，试探着和他聊起来。小王子告诉巨怪寻找小鸟的事情。

"我知道它在哪儿，不过离这里很远。"巨怪说道。

"没关系，我们一起去。"小王子心中燃起了希望。

这时，他们已经成为朋友了。

很快，他们就出发了，走了三天，终于看见了远处的房屋。

"看见那些房子了吗？"巨怪问道。

"看见了。"小王子回答说。

"那里住着很多像我一样吃人的巨怪，他们的笼子里关着你要的那种鸟。"巨怪提醒小王子。

小王子勇敢地向巨怪们的房子走去。他推门进屋，走到鸟笼前，正要伸手拿鸟笼，被一只巨怪一把抓住。

小王子被巨怪们拎着去见巨怪大王。

"你来我们这里有什么事儿?"巨怪大王问道。

"我想要那只鸟，回去孝敬父王。"小王子回答道。

"那好，我答应给你。不过你得先帮我做一件事儿，去帮我找一把魔剑，我们交换。"巨怪大王提出条件。

小王子表示同意，然后就离开了。

"你怎么什么都没拿回来？"已经等得不耐烦的巨怪朋友问道。

"他们让我弄一把魔剑与他们交换。"小王子回答说。

巨怪朋友只好带着小王子来到魔剑主人的住处。

小王子一个人走进房子，看见墙上挂着几把魔剑，刚要伸手去取，又被屋里的巨怪发现，抓了起来。

"吃了他，吃了他！"一个巨怪提议。

"还是带他去见大王吧！"另一个巨怪不同意。

小王子再一次被带到另一个巨怪大王面前。

"你来这里干什么？"巨怪大王问道。

"我来找魔剑，去交换父王喜欢的那只金色翅膀，宝石脚的鸟。"小王子回答说。

"想要魔剑可以，但是你必须答应我一件事情，帮我找到玛特拉娅·谢姆莎公主，并把她带到我身边，然后我就给你三把魔剑。"巨怪大王也提出了条件。

"好吧，你要说话算数。"小王子又一次两手空空回到巨怪朋友那里。

"你怎么没取回魔剑呢?"巨怪朋友问道。

"他们要我用玛特拉娅·谢姆莎公主交换魔剑。"小王子回答说。

巨怪朋友只好陪着小王子去寻找玛特拉娅·谢姆莎公主。

很快，他们来到大海边。巨怪伸手将一棵大树连根拔起，做了一条漂亮的船，乘风破浪赶往玛特拉娅·谢姆莎公主所在的王国。

第二天一早，小王子就装扮成医生前往王宫。王宫里的侍卫盘问了半天，才把他带到国王面前。小王子口若悬河地介绍自己的药如何好，吃了它能长生不老。

国王信以为真，请他一定要把这种神药贡献出来。

小王子立刻回到船上，他把事情经过告诉了巨怪朋友，然后拿着药返回王宫，交给国王和王后。

"这种药很特别，未婚的公主想得到它，必须在海上进行交接仪式。如果公主也想长生不老，就请她和仆人一起到我船上去吧！"小王子假装神秘地说。

国王毫不犹豫地答应了。小王子高兴地回到船上。

小王子和他的巨怪朋友开始忙碌起来。他们对船做了通体检查，目的是让船行驶得更快一些。终于一切准备就绪，只等玛特拉娅·谢姆莎公主到来了。

隔了一天，国王让一个女仆陪着公主去船上取药。

小王子赶紧上前把玛特拉娅·谢姆莎公主和女仆扶进船舱。巨怪朋友使尽全身力气拼命划船。当公主和女仆发现时，船已经在大海上行驶了整整一天。

"我要回家，快送我回家。"公主害怕地尖叫着。

"对不起，玛特拉娅·谢姆莎公主，让你受惊了。别害怕，一旦办完这件要紧事儿，我马上送你回家。"小王子安

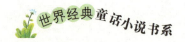

慰她说。

得知公主失踪的消息，国王立刻惊得目瞪口呆。他精选全国最好的水手，派出船只四处寻找女儿。

然而一切都太晚了，国王怎么可能在茫茫的大海上找到他的女儿呢？他懊悔不已，日夜痛哭不止。

此时，玛特拉娅·谢姆莎公主已经被小王子和他的巨怪朋友带到了存放魔剑的地方。

"朋友，我们接下来该怎么办？"小王子问道。

足智多谋的巨怪不慌不忙，开始筹划。

"你马上去找玛特拉娅·谢姆莎公主，请求她把女仆送给你，然后将她打扮成公主的模样……"巨怪朋友对小王子面授机宜。

小王子会意地点了点头，马上去找玛特拉娅·谢姆莎公主。他诚恳地请求公主把仆人送给他。公主虽不情愿，但也只好将女仆送给了小王子。

小王子带着公主模样的仆人去见巨怪大王。

　　"大王，这就是玛特拉娅·谢姆莎公主，您该履行诺言了。"小王子彬彬有礼地对巨怪大王说。

　　"年轻人，真是好样的！我说话算数，这里的三把魔剑都归你了。"大王十分高兴，愉快地履行了承诺。

　　"尊敬的大王，您过奖了。我只需要一把魔剑，这我已经感激不尽了。"小王子谦逊地说。

　　"好吧，年轻人，这里的魔剑随你挑。"巨怪大王慷慨地说。

　　小王子顺利地拿到了巨怪大王的魔剑，随后又使用计策救出了公主的仆人。

　　"朋友啊！我得到了魔剑，现在该怎么办？"小王子问道。

　　"你不要拿真魔剑去交换那只鸟。去树林砍一块木头，做一把假魔剑送给巨怪大王，就说这就是他想要的魔剑。"巨怪再次神秘兮兮地告诉他说。

　　小王子恍然大悟，急忙按照巨怪朋友的话做了一把逼真

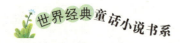

的假魔剑。

"尊敬的大王，我历尽艰辛帮您找到了魔剑。您可否将宝鸟送给我？"他提着假魔剑来到巨怪大王的面前说道。

大王拿过假魔剑在手中掂量了一下，没有发现什么破绽，于是脸上露出满意的神色。

"这是我盼望已久的东西，现在终于得到了。我笼子里的那些鸟你都拿去好了。"他高兴地对小王子说。

小王子精心挑选了一只羽毛丰满、漂亮的鸟，愉快地回到巨怪朋友那里。

"朋友，现在我得到了所有需要的东西。可是，咱们马上就要分别了，我真有些舍不得你。"小王子依依不舍地对巨怪说道。

"分别总是难免的。"巨怪脸上同样露出不舍的神情。

巨怪剪下一绺头发，交到小王子的手中。

"善良的朋友，我们相处的这段时间让我终生难忘。你是个心地善良的好人，因此，我愿意随时出现保护你。这绺头发送给你，需要我的时候就拿出来，你只要把头发放在火上点燃，我就会立刻来帮你。"巨怪语音沉重地说。

告别了巨怪朋友，小王子带着玛特拉娅·谢姆莎公主一路奔波，终于在来时的路旁找到了哥哥们。他的哥哥们并没过上想象中的快乐生活。他们很快花完从小王子那里抢来的钱，只好靠奴仆们打猎为生。他们理想中的城堡仅仅是几根七零八落的木头桩子和满目疮痍的土坑。哥几个整天挤在几间小木屋里。

看到落魄的哥哥们，小王子不禁动了恻隐之心，心想，幸好我找到了父王想要的鸟，终于可以带他们回宫继续过王子的生活了。

哥哥们见弟弟带回了一个漂亮的公主，都觉得好奇。

"这个姑娘是谁？"他们询问小王子。

"她是在找鸟的路上遇到的。她和我一起找到了父王想要的鸟。咱们明天就带着鸟一起去见父王吧。"小王子回答道。

哥哥们假作欢喜，满口答应了。

歹毒的哥哥们看见弟弟带回了父王想要的鸟和一个美丽的姑娘，顿生嫉妒之心。

"这个幸运的小傻瓜竟然比咱们还有办法，不能让他在父王面前得宠。如果他说出我们没有一起去找鸟的事儿，父王一定会责罚我们。咱们一定要除掉他。"哥几个议论纷纷。

于是，哥哥们把小王子安顿在一个偏僻的柴房里，花言巧语地哄他睡下。半夜，几个哥哥溜进柴房，趁着小王子熟睡，用一根绳子勒死了他。

小王子一动不动地躺在床上。哥哥们仍不肯善罢甘休，又将他装进一个袋子里，扔到了荒野。

然而，这一切被玛特拉娅·谢姆莎公主看到了。她悲伤极了，为小王子千里迢迢赶来和他的哥哥们见面而感到不值。她无助地坐在床前黯然落泪，却想不出办法来搭救善良苦命的小王子。

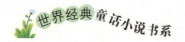

哥哥们厚着脸皮带着公主和鸟回到王宫，并在父王面前大肆吹嘘。看见儿子们带回自己喜欢的鸟，国王心中大喜，称赞他们勇敢和孝顺。

"你们的弟弟，我的小儿子呢？"国王突然想起没见小儿子，于是问道。

"我们没看见他啊！出宫后他怕我们先找到鸟，就离开了。"一个王子胡说道。

"父王啊！弟弟一个人去找鸟，肯定是在路上遇到不测了。我们这么多人历尽千辛万苦才找到了鸟，他大概不会有我们这么幸运吧。"另一个儿子假装悲伤地补充道。

听见王子们的话，国王信以为真，不由得悲伤至极。

"这个姑娘是谁，怎么一直发呆？"突然看见了一旁神情恍惚的玛特拉娅·谢姆莎公主，国王感到很好奇，于是问道。

"父王，我们也不知道她是谁，是在找鸟的路上捡到的。"一个王子回答道。

"父王，她可能是想家了，刚来到咱们这儿感到不习惯。"另一个王子对国王说。

国王和儿子们各自散去，再也没人提起小王子的事儿。

其实，被哥哥们扔到荒野的小王子并没有死，他只是昏迷了过去。

小王子在树林里足足躺了一天一夜，才渐渐苏醒过来。他用尽全身力气从袋子里爬出来，并找到火，点燃一支火把。

看见熊熊的火焰，小王子想起了巨怪朋友，伸手掏出一绺他的头发，毫不犹豫地扔进火里，等待着奇迹的发生。

过了一会儿，火光里慢慢出现了一个高大健硕的身影，然后变成巨怪。

见到落魄的小王子，巨怪心生疑问，但也猜出了几分端倪。

"我的朋友，你这是怎么了？公主和你的哥哥们呢？"他走到小王子身边关切地问。

小王子神情沮丧，将自己的遭遇细说了一遍。

"世上竟有这么狠毒的兄弟！你别难过了，我有办法把你带到王宫见你的父王。"巨怪叹息一声说道。

巨怪为小王子换了一身合体的衣服，然后动身。他们骑着日行千里的骏马，很快就到了王宫。

小王子容光焕发地出现在王宫前，人们议论纷纷。当知道哥哥们的丑行后，他更加急切地要见到父王说明真相。

"父王，您的小儿子回来了！"他奋力敲打着宫门。

王宫的守卫急忙将小王子回来的消息禀告国王。国王几乎不敢相信自己的耳朵，亲自到宫门迎接。

见到心爱的小儿子的那一刻，他不禁老泪纵横。

"真的是你吗，我的儿子？你的哥哥们说你已经死了。到底发生了什么事儿？"国王上前扶起跪在地上的儿子问。

小王子搀扶着国王，走进王宫。玛特拉娅·谢姆莎公主为能再次见到小王子而流下欣喜的热泪。

小王子把找鸟的经过告诉了父王。玛特拉娅·谢姆莎公主和巨怪作证，说这一切都是真的。

国王勃然大怒，下令缉拿心狠手辣的六个王子，一时间王宫内外一片混乱。

六个王子抱头鼠窜，丑态百出。邪恶的人终究逃脱不了命运的惩罚，他们很快就被抓了回来。国王命令将他们装进袋子投进大海。然后，为小王子和玛特拉娅·谢姆莎公主举行了隆重的婚礼。

婚礼过后，小王子和他的巨怪朋友依依惜别。这次，他没用魔法，而是用了两天两夜的时间，亲手做了四十大锅饭菜。巨怪吃饱喝足，心满意足地走了，从此，再也没有一点儿消息。

与小王子共同经历苦难后，他的善良、孝顺深深打动了玛特拉娅·谢姆莎公主。她不后悔跟小王子来到这里，并因能成为他的妻子而感到幸运。

过了几天，小王子请求父王允许他带着玛特拉娅·谢姆莎公主回家去见她的父王，因为他曾答应一定会送公主回家。

国王答应了他的请求，并派了几百个侍卫，带着丰厚的礼品，护送他们去玛特拉娅·谢姆莎公主的王国。

大队人马浩浩荡荡，漂洋过海，蔚为壮观。玛特拉娅·谢姆莎公主感到十分欣慰，更加觉得小王子是个有情有义，值得托付终身的人。

见到女儿不仅平安归来，还风风光光地嫁给了一个王子，玛特拉娅·谢姆莎公主父母之前的愁苦立刻烟消云散了。

玛特拉娅·谢姆莎公主的父王由衷地感谢小王子把女儿保护得很好，赞扬小王子是个善良、勇敢、孝顺的年轻人。

国王下令热情款待远道而来的侍卫们，并在自己的王国再次为他的女儿和女婿举行了一场盛大的结婚典礼。

从此，小王子和公主过上了幸福美满的生活，再也没有分开过。

只是，他们偶尔会想起巨怪朋友。